小学館文庫

陸軍将校の許嫁
～お見合いは幽霊退治の後で～

久我有加

小学館

第一章　ピアノの稽古

為岡巴《ためおかともえ》は柄にもなく緊張していた。

三月に入ったばかりの大阪は、梅が綻んできたとはいえ、まだ肌寒い。が、巴がいる広い部屋には西洋式の大きな暖炉があり、橙《だいだい》色の炎が燃えていて暖かかった。

にもかかわらず指先が冷えている。肩や腕に力が入り、思うように動かせない。

幼い頃から熱心に稽古してきた薙刀《なぎなた》のおかげか、あるいはあまり物事に動じない性格のせいか、平常心を保つのは得意だ。

それなのに今、これ以上ないほど硬くなっている。

巴の目の前にいるのは、薙刀を構えた対戦相手ではない。

艶やかに光る漆黒の大きな体。黄みがかった白と、体と同じ黒の鍵盤。

洋琴――ピアノである。

しかも女学校の講堂に置いてある縦型ピアノより、ずっと大きくて立派な平台ピアノだ。

「そしたら、もう一回ドの音を弾いてみましょか」

脇に立っているピアノの師、長尾《ながお》かつに優しく促され、巴はぎこちなく頷《うなず》いた。

ドの音てどれやったっけ？

確か、これやったような……。

探し当てた白い鍵盤を親指で押す。

力の加減がうまくいかず強く叩《たた》いてしまったせいだろう、カーン！　と鋭い音が出た。

その音に自分で驚いて、びく、と肩を揺らしてしまう。

先ほどから何度もドの鍵盤を押さえているが、こんな音しか出ない。

「フォルテッシモやねえ」

ふふ、とかつは楽しげに笑った。

「女の人は力が弱いから、大きい音を出すのに苦労するんよ。けど、巴さんは最初から大きい音が出せてる。大したもんや。それに指が長いから、上達したらいろんな曲が弾けそうやねえ。私は手ぇが小さいから羨ましいわ」

てっきり叱られると思っていたのに褒められて、巴は驚いた。

嬉《うれ》しいというよりも安堵《あんど》して、ほんの少し頬が緩む。

しかし体は強張《こわば》ったままだ。

ピアノもやけど、このお屋敷そのものに気圧《けお》されてる……。

そびえ立つ三階建ての洋館は、明治を二十二年数えたここ、大阪でも滅多にお目にかかれない荘厳さである。ピアノが置いてある一階の部屋は呆《あき》れるほど広い。おまけに天井が矢鱈《やたら》と高く、木の枠で囲われた大きな窓からは、柔らかな陽光がたっぷり入ってくる。繊細な装飾が施された長椅子、机、照明器具、壁にかけられた絵画、全て西洋風だ。

私立の女学校に入学した当初、西洋風の校舎や調度品に驚いたものだが、この屋敷は学校の比ではない。まるで本当に外国へ来たかのようだ。裕福な級友の家へ遊びに行ったことがあるけれど、これほど豪奢《ごうしゃ》な屋敷には住んでいなかった。

その上、屋敷の住人であるかつは軽快な洋装に身を包んでいる。女学校の教員ですら、外国人の先生以外は全員着物を着ているのに、だ。

「そしたら、今日はここまでにしましょか」

朗らかに言われて、巴はほっと息をついた。

「本日は、お稽古ありがとうございました！」

素早く立ち上がり、ペコリと頭を下げる。

さあ帰ろう！　帰って薙刀の稽古をしよう！

そうすれば、豪華な屋敷と苦手なピアノのせいでカチコチに固まった体も、あっという間に解《ほぐ》れるはずだ。

そもそも今日は本来、薙刀の稽古の日だったのだ。母が師匠に事情を話し、追試が終わるまで休ませますと連絡してしまった。

さようなら！　ともう一度勢いよく頭を下げて踵《きびす》を返そうとすると、着物の袖を引かれる。

「まあまあ、そないに急がんと。お茶淹《い》れるから飲んで帰って」

「いえ、そない気を遣《つこ》うていただかんでも……」

「気ぃなんか遣《つこ》てへん。今日はねえ、私の好きな丸正《まるせい》さんのお饅頭《まんじゅう》があるんよ！　巴さんと一緒に食べたい思て買《こ》うてきてもろてん」

「丸正のお饅頭……」

扉の方へじりじりと後退《あとずさ》りしていた巴は、思わず足を止めた。

丸正といえば、上方では知らない者がいない有名な菓子店である。ただし、値が張るので滅多に食べられない。正月に兄が買ってくれた団子を食べたきりだ。

あのお団子も餡子《あんこ》がたっぷり載ってて、団子もほんのり甘ぁてもっちりしてて、ほんまに美味《おい》しかった……。

思い出しただけで涎《よだれ》が出そうになっている巴に気付いたのか、かつは愛らしい顔に、にこ、と丸い笑みを浮かべた。

「さあ、座って座って。一緒にお饅頭よばれましょ」

「いえ、あの、でも……」

「遠慮は損やで。な？」

小首を傾《かし》げるかつに、巴は苦笑いした。

かつは恐らく三十手前くらいだろう。

けど十六の私より、万倍愛らしい。

もっとも、巴は愛らしくなりたいと思ったことがないから、羨ましいわけではない。

むしろ女にしては長身であるにもかかわらず、あともう少し背丈がほしいと思っている。ついでに言うと、腕と脚も長くなりたい。その方が薙刀の試合で有利な場合が多いからだ。

「そしたら、お言葉に甘えてよばれます」

頭を下げると、かつは目を輝かせた。

「よかった！　ピアノのお稽古がんばった分、甘い物で癒されんとね。あ、そうそう、ちょうど親戚が来ることになってるんよ。その人も一緒によばれてもええかしら」

「え、そしたら私はお邪魔やないですか？」

「全然！　むしろおってくれた方がええし。今、お茶の用意を頼んでくるよって、少しだけ待っといてね」

かつは巴を長椅子に座らせると、軽い足取りで部屋を出て行った。

重厚な木製の扉が閉まると同時に、大きなため息を吐《つ》く。

こないに立派なお屋敷の奥様にピアノを教えてもらうやなんて、父上と母上はどないな手ぇを使《つこ》たんや……。

巴の父は警察官だ。江戸の頃は大坂の東町奉行に仕える同心で、役人としての身分は高くなかった。従って明治となった今の暮らしも、貧しくはないが裕福でもない。親戚や両親の友人、同僚も似たり寄ったりだ。これほどの富豪に伝手《つて》があるとは思えない。

もしかして、九つ年上の兄の伝手だろうか。

兄は士官学校を出た陸軍の将校である。一昨年、少尉から中尉に昇進したが、まだまだ下っ端やと苦笑いしていた。大尉になってようやく、士官らしい士官になれるらしい。

けど兄上の伝手やったら、兄上から一言あるやろうし。

兄は普段、陸軍内の兵営で暮らしているが、休日には時折実家に顔を出す。先週、顔を合わせたとき、巴がピアノを習うことについて何も言っていなかった。

何にしても、私の音楽の成績が落第点やったんが悪いんやけどな……。

再びため息を落とした巴は、艶やかに光る平台ピアノを見遣《みや》った。

巴が通う女学校では高等部に上がると、音楽、画学、第二外国語のいずれかを選択しなくてはいけない。絵心が欠片《かけら》もないのは、尋常小学校の授業で既に証明済みだ。英語だけでもきりきり舞いしているのに、これ以上外国語は学びたくない。消去法で残ったのが音楽だった。三つの中では唯一体を動かす科目だったから、何とかなるだろうと高をくくったのだ。

級友の多くは裕福な家の子女なので、少しはピアノやオルガンの心得があるらしく、それなりに弾きこなしていた。

しかし巴は、ピアノもオルガンも触るのは初めてだった。加えて繊細な楽器演奏には向かない、良く言えば豪快、悪く言えば大雑把な性格が災いし、一向に上達しなかった。嫌やなあ、面倒やなあ、と鬱々としながら稽古していたのも悪かったのだろう、先週行われた試験で及第点をもらえなかったのだ。一ヶ月後に追試を受けることになっていて、そこで合格できなければ進級が危うくなる。

巴の追試を知った母は、キリリとした細い眉をひそめた。――ええ点をとる必要はあらへん。苦手な物があるんは当たり前のことや。けど落第はあかん。真面目に授業を受けてたら、ぎりぎりでも及第点はもらえたはずや。落第ていうことは、イヤイヤやってんのが顔にも態度にも出てたんやろう。それは苦手やのうて、気ままていうんえ。

母は真顔で巴をまっすぐに見つめ、続けた。

今度の日曜から、ピアノを習いに行きなはれ。

ええっ！　嫌です！　行きとうない！

喉まで出かけたその文句を、巴はごくりと呑《の》み込んだ。

為岡家では母が一番強い。そして怖い。その証《あかし》に、すぐ傍《そば》で話を聞いていた父に目で助けを求めたものの、眉を八の字に寄せただけで援護はなかった。

我知らずため息を落としたそのとき、窓の向こうから男の声が聞こえてきた。

「これはさすがに、わしにはどんならんなあ。旦《だん》那さんが買わはったとこへ持って行くか、貸自転車屋の親父《おやじ》に頼んで直してもらわんと」

自転車、という言葉に、巴はハッと顔を上げた。

最近、大阪では自転車を貸してくれる貸自転車屋が増えている。父に連れて行ってもらった芝居小屋の近くで、初めて自転車を漕《こ》ぐ男を見かけた巴は、大いに興味を引かれた。――おもしろそうや。ぜひ乗ってみたい。

次に聞こえてきたのは少女の愛らしい声だ。

「そしたら、せめて汚れたとこを拭きます」

「おお、気ぃがまわるなあ。そうしてくれると助かる。高価な物《もん》やから傷がつかんように、柔らかい布で拭いてくれるか」

「へえ。スエさんにお願いして、布をもろてきます」

「うん、頼むわ。ちゃあんと自転車を拭くて言うんやで」

自転車、近くで見たい！

長椅子から立ち上がった巴は窓に駆け寄った。幸い鍵が女学校のそれと同じ仕組みだったので難なく窓を開け、勢いよく顔を出す。

わあ！　と驚きの声をあげたのは、着物に身を包んだごま塩頭の老翁《ろうおう》だ。この屋敷で働く下男らしい。ごつごつとした手はしっかり自転車をつかんでいる。

初めて間近で見る自転車に釘付《くぎづ》けになりつつ、巴は挨拶をした。

「高いとこからすんまへん、お邪魔してます」

「へ、へえ……。ああ、びっくりした……。いとはんは、かつ様のお客人だすか？」

「客人やのうて、かつ先生にピアノを習いに来た生徒です。為岡巴と申します。その自転車はかつ先生のですか？　かつ先生がお乗りになる？」

名乗るのもそこそこに尋ねると、下男は見開いていた目を、更にぎょっと丸くした。

「まさか！　自転車は女子《おなご》はんが乗るもんやござりまへん。力もいるし、何よりあられもない格好で乗らんとあきまへんよって。この自転車は、旦那《だん》さんと上の坊《ぼん》さんがお乗りになるんでござります。昨日、坊《ぼん》さんが乗ってはったら鎖が切れてしもうて、直しといてくれて頼まれたんだすけど、わしには無理みたいで」

かつには七歳と四歳の息子がいると聞いている。今日は親戚の家へ遊びに行っているので不在だそうだ。

「七つの御子《おこ》が、自転車に乗れるんですか」

「へえ！　今、旦那《だん》さんとご一緒にお稽古されてるとこだす。上の坊《ぼん》さんはお年のわりに背ぇが高いし、体を動かすんがお得意やさかい、じき乗れるようにならはりまっしゃろ」

自慢げな口調に、へえと相づちを打った巴は、自転車をもっとよく見たくて窓から身を乗り出した。日差しは暖かいが、緩く吹いてくる風は冷たい。

しかし興奮のためか、寒さは感じなかった。母がなぜか今日のためにと新調してくれた朱色のさめ小紋の着物の袖が邪魔で、くるくると腕に巻きつける。

お転婆な仕種《しぐさ》に、下男は目を細めて笑った。

「いとはん、自転車にご興味がおありで？」

「はい。前に乗ってはる人を見かけたことがあって。今し方言うてはった鎖が切れたていうんはどういうことですか、自転車に鎖がついてるんですか」

「さいだす。ここを鎖でつないで、こうやって漕ぐと、力が後ろの輪ぁに伝わるようになってるんだすわ」

自転車を抱えて窓に近寄ってきた下男は、手で示しながら説明してくれる。

へえー！　と巴は大いに感心した。両腕に力を入れ、更に上半身を乗り出す。足が床から離れた拍子に草履が片方脱げてしまったが、薙刀で鍛えた体は微塵《みじん》もぐらつかない。

「からくりみたいでおもしろいですね。考えた人は大したもんや。どこの国の物ですか？」

「英吉利《イギリス》製やて聞いてまっさ」

「英吉利ですか。さすが工業国！」

大きく頷くと、突っ立っている小柄な少女と目が合った。そういえば下男だけでなく女の子の声もしていたのだ。

年の頃は十五か十六くらいか。恐らく巴とそう変わらないだろう。二重の柔らかな目と、寒さで赤く染まった鼻先が可愛《かわい》らしい。着物に前掛けという格好から察するに、長尾家の女中だ。

今更だが、巴は窓から身を乗り出したままペコリと会釈した。

我に返ったように瞬《まばた》きをした少女も、ぎこちなく頭を下げる。

ちょうどそのとき、背後から咳払《せきばら》いが聞こえてきた。

あ、私、かつ先生を待ってたんやった！

自転車に夢中になってすっかり忘れていた。

「見せてもろてありがとうございました。お仕事のお邪魔してすんまへん」

下男と女中に頭を下げ、慌てて床に下りる。

素早く窓を閉めた後、転がっていた草履を足にひっかけつつ振り返ると、そこにいたのはかつではなかった。

立っていたのは若い男だ。スラリとした長身に、陸軍の濃紺の軍服を纏《まと》っている。袖章が兄と同じだから、階級は中尉だろう。年齢も兄と同じくらいではないか。

見知らぬ陸軍将校と二人きり。

――これはまずい。

「座ったらどうだ」

低いがよく通る澄んだ声で言われて、巴はぱちりと瞬きをした。

「あの、お部屋をお間違えやないですか」

立ったまま尋ねると、男は眉をひそめる。

「間違えていない」

「私、長尾かつ先生をお待ちしてるんですが」

「かつさんはどこへ行った」

「お茶の用意を頼んでくるて言うてはりましたから、お台所《だいどこ》やと思います」

この人、かつ先生のこと知ってはるんか。

　かつが言っていた親戚というのは、この男のことだろうか。しかしそれなら、かつと一緒にこの部屋へ来るはずだ。

　警戒を解かないでいると、男はじっとこちらを見つめてきた。

　巴も自然と見つめ返す。敵から目を離したら負けだ。

　直線的な眉と切れ長の目、通った鼻筋。すっきりと整った凛々《りり》しい面立ちだが、不機嫌ともとれる無表情のせいで恐ろしげに見える。

　ふいにコンコンコンと扉が叩かれて、巴は肩を揺らした。

　入ってきたのはかつと古参の女中だ。

「巴さん、お待たせしてごめんなさいね。あれ、三郎《さぶろう》君！　いつ来たん？　全然気ぃ付かんかった」

「少し前に参りました。お邪魔しています」

　男は丁寧に頭を下げた。

　かつが男と知り合いなのは間違いないようだ。我知らずほっと息をつく。

「巴さん、なんでそないなとこに突っ立ってんの。さ、座って座って。三郎君はそこやない、こっちに座って」

　てきぱきと指示するかつに従い、巴は長椅子に腰を下ろした。男もやはりかつの言った通り、向かい側の椅子に腰かける。

たより大きい。

そうしている間に、女中がお茶と饅頭を素早く机に並べた。白い饅頭は想像してい
　おお、むちゃくちゃ美味しそうや……！

　巴さん、とかつに呼ばれ、饅頭を凝視していた巴は慌てて顔を上げた。

　かつは申し訳なさそうに眉尻を下げる。

「私、急用ができて、出かけんとあかんようになってしもてん。悪いけど、この将校さんとお話ししてくれる？」

　えっ！　と巴は大きな声を出してしまった。

「や、けど、先生、私は」

「この方、私の遠縁で、お名前は葛目《くずめ》三郎さん。見ての通り、陸軍の将校さんや。年は二十三やから、巴さんより七つ上やね。こない怖い顔してはるけど、悪い人やないさかい」

「いや、でも、困ります」

「大事ない大事ない。三郎君、こちら為岡巴さん。道重《みちしげ》女学校の高等部に通てはるんよ。よろしゅう頼みます。そしたら巴さん、また来週のお稽古でね！」

　息を継ぐ間もなくまくしたてたかつは、女中と共に疾風の如《ごと》く部屋を出て行く。

　たちまち部屋は静寂に包まれた。暖炉の炎が、ぱちぱちと音をたてているのみだ。

——結局二人きりやんか……。

心の内だけでつぶやいた巴は、ちらと将校——葛目三郎を見た。

すると葛目もこちらを見遣る。巴と二人きりにされたことに立腹しているのか、端整な面立ちに笑みはない。

「なぜ困るんだ」

「へ？」

「さっき困ると言っただろう」

「ああ……、困るのは、私だけやのうて葛目さんもやと思います。あ、葛目さんとお呼びしてかましまへんか？　それとも、中尉てお呼びした方がええですか」

「葛目でいい。それで、なぜ俺も困るんだ」

「私の父は警察官なんです。陸軍の方が、よりによって警察官の娘と話すことなんかないでしょう。あ、ひょっとして警察の弱みを握りたいとかですか？　生憎《あいにく》、父の階級は巡査で、警部補でも警部でもござりまへん。たとえ弱みを握っても、大して役には立たんかと」

　頷いてみせると、葛目はほんの少し眉を上げた。

　その微妙な変化だけでは、胸の内にどういう感情が湧いたのかわからない。

「松島事件を知っているのか。当時、君はまだ幼かっただろう」

淡々と問われて、はいと応じる。

「兄が陸軍の将校やよって存じてます。父も兄も、お互いに板挟みになって往生してました。特に兄は少尉になって間がなかったさかい、難儀したみたいです」

五年前の明治十七年、陸軍兵士と警察官の乱闘事件があった。松島遊郭で兵士約一四〇〇名と警察官約六〇〇名が、大乱闘を繰り広げたのだ。鎮圧のために憲兵が二〇〇名ほど出動したが鎮まらず、双方に怪我人《けがにん》が多数、死者も出た。

騒動のきっかけは、この事件の数日前、酔った兵士が交番を訪ねた際、言葉遣いを巡って巡査と喧嘩《けんか》になったことらしい。ごく些細《ささい》な出来事だったようだ。

当時、巴は十一歳だったが、いつもはのほほんとしている父が、毎日苦虫を噛《か》み潰したような顔をしていたのを覚えている。休日になるとよく実家に顔を出していた兄も、しばらく帰ってこなかった。身内に敵方の人間がいることで、針のむしろだったに違いない。

ともあれ松島事件以降、大阪の陸軍第四師団と大阪府警察本部は犬猿の仲である。

葛目はまっすぐ巴を見つめたまま口を開いた。

「為岡敬一郎《けいいちろう》中尉は、同じ日本国のために働く身であるのに、警察と陸軍がいつまでもいがみ合っているのは無益だと仰《おつしや》っていた。俺もそう思う」

「兄をご存じですか」

「もちろん知っている。冷静で怜悧《れいり》な方だ」

「はあ、どうも、恐れ入ります」

思いがけず兄を褒められ、巴はペコリと頭を下げた。家にいるときの兄は穏やかで優しくて、冷静で怜悧という感じはないが、素直に嬉しい。

もう話すことはない、とばかりに葛目は湯呑みに手を伸ばした。

再び部屋が静かになる。

——あれ、最初は何の話をしてたんやったっけ？

そうだ。将校が警察官の娘と呑気《のんき》に会話していていいのかという話だった。ちらと見遣った葛目は、相変わらず無表情で茶を飲んでいる。巴が警察官の娘でも気にしないようだ。

それなら巴も気にする必要はない。早く饅頭を食べて帰るとしよう。いただきます、と手を合わせて早速饅頭を手にとる。丸正の焼き印がついた生地は、思いの外柔らかい。

一口頬張ると、餡子の上品な味が口の中に広がった。ほどよい甘さと小豆の風味が、絶妙に絡み合っている。

さすが丸正のお饅頭、むちゃくちゃ美味しい。

ピアノの先生の豪奢なお屋敷で、陸軍の将校と向かい合ってお茶を飲む、というわけのわからない状況だが、美味しい饅頭を食べられたし、自転車も見せてもらえたし、来てよかった。一人頷きつつぱくぱくと食べ進める。

ふと視線を感じて顔を上げると、葛目があきれたようにこちらを見ていた。

「なんですか？」

「いや。甘い物が好きなのか？」

「はい、好きです」

「そうか。それなら俺の饅頭も食べるといい」

ぶっきらぼうに言われて、へ、と巴は間抜けな声をあげた。

葛目はニコリともせずに続ける。

「俺は甘い物が得意じゃないんだ。とてもこんな大きな饅頭は食い切れん」

葛目の前に置かれたままの饅頭に視線を落とし、はあ、と巴はまた間の抜けた声を出した。

親切心で言うてはるんか、ほんまに甘い物が苦手なんか、全然わからん……。

しかしどちらにせよ、もらうわけにはいかない。

「いただけません」

「なぜだ」

「人の物をねだるのは、卑しい行いですよって」

背筋を伸ばして言うと、ふむ、と葛目は頷いた。

「君はねだっていないだろう。俺が自分からやると言ったんだ」

そうだな？　という風に首を傾げた葛目に、確かにそうですと首肯する。

うむ、と葛目はまた頷いた。

「この饅頭は今、俺の物だ。食べ物を粗末にするのはいけないが、そうでないのなら、俺の物を俺がどうしようと俺の勝手だろう」

淀《よど》みのない口調で言って、饅頭が載った皿を巴の前へ移動させる。

巴は葛目を見た後、改めて饅頭に視線を落とした。

なるほど、葛目の饅頭を葛目がどうしようが、葛目の勝手だ。巴が食べるのなら粗末にもしない。筋が通っている。

「ほんまに、お召し上がりにならんのですか」

「ああ」

「そしたら、いただきます。ありがとうございます」

手を合わせてから、元は葛目のものだった饅頭を手にとる。間を置かず遠慮なくかぶりついた。

二つめも、もちろん美味しい。一つでもなかなか食べる機会がないのに、二つも食べられて幸せだ。

ぱくぱくと食べ進める様を、葛目がじっと見ていることに気付く。

やっぱり食べたいとか言わんよな？

眉根を寄せて見つめ返すと、ふいと目がそらされた。

その後、かつが戻ってくるまで葛目が口を開くことはなかった。


夕刻、家へ帰ると兄が父と将棋をさしていた。

「あ、ちょっ、待て、待ったや、待った！」

将棋盤を前のめりで見下ろしたまま、情けない声をあげたのは父だ。既に風呂に入ったらしく、浴衣の上に丹前を羽織っている。

父とは対照的にきちんとした洋装の兄は、正座を崩して笑った。

「父上、何回待ったをするんですか。もう待てません。俺の勝ちや」

ああー、くそー、負けたー、と呻《うめ》いて父は頭を抱える。

賑《にぎ》やかやな……。

父も兄も、どちらかといえば言葉数が多い方だ。父方の祖父は巴が一歳のときに亡くなっているのでわからないが、母方の祖父も口は滑らかである。母の兄、つまり伯父や従兄《いとこ》たちもよくしゃべる。父の友や同僚も、静かな人もいるにはいるが、基本的に口数が多い。

あないにしゃべらん人、初めて見たかもしれん。

黙々と茶を飲んでいた葛目を思い出す。かつが戻ってきて三人ですごした間も、冷たい表情は変わらなかった。帰り際にさようならと挨拶をしたときも、軽く頷いただけだ。最後まで、何を考えているのか全く読めなかった。

妙チキチンな人やったけど、お饅頭をくれはったんは嬉しかった。

葛目の端整な面立ちを脳裏に浮かべていると、兄がこちらに気が付いた。くっきりとした二重の目が柔らかく細められる。

妹の巴が言うのもなんだが、年の離れたこの兄はなかなかの美丈夫だ。母いわく、若い頃の父に似ているらしいが、今の父からは想像できない。

ちなみに巴は、凛《りん》とした佳人である母に似ていると言われる。もっとも、半分以上はお世辞だろう。他人が言うほど似ていない――美しくない自覚はある。

巴としては、正直容姿はどうでもいい。が、薙刀の師範代で、剣術と多少の柔術も嗜《たしな》む母の武術の才を受け継いでいると言われるのは、大いに嬉しい。巴の薙刀の師匠は、もともと母の師匠だった人だ。巴の打突の鋭さは母親譲りやなあと褒められ、なんとも言えず誇らしかった。

「おかえり、巴」

「ただいま戻りました。兄上、帰っておられたんですね」

「うん。もう少ししたら戻るがな」

「そうなんや。薙刀の稽古のお相手を頼もうと思てたのに、残念」

「今日は薙刀やのうて、ピアノを習いに行ってたんやろ。どうやった」

尋ねてきた兄の隣に、巴はどすんと腰を下ろした。

寒かったやろう、と父が少し離れた場所に置いてあった火鉢を寄せてくれる。

すんまへんと礼を言って火鉢に手をかざした。温かい。

「大きい音が出せてるて褒められました。あと、指が長いのも、いろんな曲を弾くのに都合がええらしいです」

ハハ！　と兄は愉快そうに笑う。

「そらよかった。楽しい通えそうか？」

「ピアノはやっぱり苦手やから楽しいはならんと思うけど、また自転車を見せてもらえるかもしれんし、通います」

「ほう、自転車を見せてもろたんか」

「はい。使用人のおっちゃんが修理に出さはるとこやったんです。かつ先生の旦那さんの持ち物で、英吉利製やそうで。これが実におもしろい仕掛けで動くんですよ。もっとよう見せてもらいたかったけど、途中で人が来はったから詳しい話は聞けませんでした」

自転車について熱心に語った巴は、葛目のことを改めて思い出した。

葛目が兄を知っていたということは、兄も葛目を知っているはずだ。

「兄上、葛目三郎中尉をご存じですか」

ごほ！　と噎《む》せたのは兄ではなく、将棋盤の向こう側にいる父だった。

「父上、ご存じですか？」

「いや……。ちょっと咳が出ただけや」

「春いうてもまだ三月や。夜は冷えますから、湯冷めせんように気ぃ付けてください」

父が相好を崩して頷いたのを確かめてから、再び兄に視線を戻す。

兄はなぜか悪戯《いたずら》っぽい笑みを浮かべていた。

「葛目中尉なら知ってるぞ。どうかしたか？」

「かつ先生の遠縁やそうで、お稽古の後、お茶をご一緒しました。兄上を冷静で怜悧やて褒めておられた」

「そうか。なかなかええ男やろう、葛目中尉は」

「ええ男かどうかはわかりまへんけど、妙チキチンな人ですね。まあ、葛目さんも私みたいな変わり者に、妙チキチンとか言われたないやろうけど」

ぶふっと派手に噴き出したのは、またしても父だった。

父上、と兄が咎《とが》めるように呼ぶ。

しかし父は笑いながら尋ねてきた。

「妙チキチンて、どの辺が妙チキチンやったんや」

「ずーっと同じお顔なんですよ。仏頂面ていうんかな。ムッとしてはったり、あきれたりしてはるんは何となし伝わってくるけど、顔がほとんど変わらん。お面をつけてはるみたいでした。むっつりやていうんは、ああいう人のことを言うんですね」

「そうかそうか。むっつりやか。そら妙チキチンやなあ」

笑いを堪えようとして堪えきれず、父は肩を震わせる。

そんな父をじろりとにらんでから、兄は巴に向き直った。

「話をしたんやろ。どう思た」

「ああ、はい。葛目さんはあんまりお話しにならんかったさかい、少しだけ。甘い物は苦手やて仰って、自分のお饅頭を私に譲ってくれはりました」

「ほう、饅頭をか。……ん？　そしたら巴、おまえ饅頭を二つも食べたんか」

「はい、二ついただきました。いっぺんは遠慮したんですけど、俺の物を俺がどうしようと、俺の勝手やて言わはるさかい、確かにその通りやなと思てありがたく。丸正のお饅頭、大きいてむちゃくちゃ美味しかった」

饅頭の味を思い出してニコニコしていると、兄はため息を落とした。

小言を言われるかと思いきや、予想外のことを尋ねられる。

「譲ってもろた饅頭をおまえが食べてる間、中尉はどないな様子やった」

「どないて、お面みたいな顔でじっと私を見てはりました。――あ！　母上には葛目さんのお饅頭も食べたこと、内緒にしといとくれやす。たぶん怒られるよって」

慌てて声をひそめたそのとき、スッと音もなく襖《ふすま》が開いた。

廊下に膝をついていたのは、今まさに話題にした母だ。

うわっ、今の話聞かれてたやろか。

恐る恐る母を見ると、母はちらとこちらに目を向けた。

「御膳《ごぜん》の支度ができましたえ。盤を除《の》けとくなはれ」

いつもと変わらない調子で言われて、巴はほっと息をついた。どうやら聞こえていなかったらしい。

父と兄が将棋盤を脇に寄せている間に、為岡家唯一の女中であるハナが膳を運んできた。

「あれ、巴様、帰ってはったんでっか。おかえりやす！」

「ただいま、ハナ」

「洋琴のお稽古、どないでした？」

「先生に褒めてもろた」

母の視線を痛いほど感じつつ答える。嘘《うそ》は言っていない。

するとハナは、よく日に焼けた顔いっぱいに笑みを浮かべた。

「そらよかった！　千代《ちよ》様、ようございましたな！　巴様は気張らはったら、どないなことでも上手にできる方ですよって！」

千代とは母の名前である。ハナは母が幼少の頃から世話をしてきた上に、嫁入りするときに為岡家までついてきた女中なので、ある意味遠慮がない。巴にとっては、気心の知れた伯母のような人だ。

膳の用意をする手を止め、ふ、と母は口許《くちもと》だけで笑った。

「巴」

「は、はい！」

「来週も長尾先生のとこへ、お稽古に行くんやで」

「はい……」

巴はぎこちなく頷いた。

お饅頭のことも自転車のことも、母上には全部見透かされてる気ぃする……。

巴は白い西洋皿に置かれた茶色い物体を凝視した。

紅茶と共に出されたそれは、泥を固めたようにしか見えない。

ちょこれいと、という西洋の菓子だという。

その名称を教えてくれたかつは、下の息子がぐずってるさかいごめんね、と言い置いて早々に席を立ってしまった。従って今、平台ピアノが置かれた広い部屋にいるのは、巴と葛目三郎の二人だけである。

ピアノの稽古が終わる頃、なぜかシャツに洋袴《ズボン》という洋装の葛目が姿を見せた。

あ、先日はどうも、こんにちは。

頭を下げた巴に、葛目はやはりニコリともせず頷いた。

なんでまたこの人が？　と首を捻《ひね》っている間に運ばれてきたのが、紅茶と茶色い物体だったのだ。

「葛目さん」

「なんだ」

「この、ちょこれいとていうお菓子、食べたことありますか」

「ない」

ないんかい……。

巴はがっかりした。見たことがない菓子だったので、どんな味か聞いてから食べようと思ったのだ。

葛目はちらとこちらを見た。

「君も食べたことがないのか」

「はい。女学校の級友の家へ遊びに行ったときに、ビスケットをよばれたことはありますけど、他の西洋菓子は食べたことござりまへん」

西洋菓子を作るには、上質な砂糖やバターがたくさん必要らしい。どちらも高級品だから、必然的に西洋菓子も高級品だ。とても日常で気軽に食べられる代物ではない。

「あまり、旨《うま》そうには見えんな」

葛目の率直な感想に、そうですねと大きく頷く。

「けど、甘い香りがするさかい、甘いのは間違いない思います。それに、かつ先生がお好きやて言うてはったし」

巴は三つある塊のうちのひとつを、そうっと手にとった。

思いの外硬い。本当に食べられるのだろうか。

「いただきます」

意を決して口に放り込む。

いきなり丸ごと食べるとは思っていなかったのか、葛目が瞬きをした。

ほのかな苦みとねっとりした濃厚な甘みが、舌の上に広がる。今まで食べたことのない種類の味なので、美味しいのか美味しくないのか、よくわからない。

噛んでいないのにゆっくり溶けていく塊を味わっていると、葛目が眉を寄せた。

「おい、平気か？」

「大事ないです。これは、異国！　ていう感じの味ですね。むちゃくちゃ濃い」

「不味《まず》いのか」

「不味うはないです。美味しいとも言い難いけど」

首を横に振った巴は、もう一つ手にとって齧《かじ》った。

鼻に抜ける香りがいい。日本の菓子にはない香りだ。

「ちょっと、珈琲《コーヒー》に似てるかも」

「珈琲を飲んだことがあるのか？」

「はい。級友のお宅でビスケットと一緒に出してもらいました」

「どうだった」

「焦げたみたいな味がして苦かったです。色も濃い茶色やし。あと、なんかちょっと酸っぱい味もしました。慣れたら癖になりそうやけど、私は紅茶の方が好きや」

二つめの残りを食べた巴は、カップの取っ手に指を入れて持ち上げた。西洋の食器の扱い方は女学校で習ったので、まごつくことはない。教えられた通りにカップを傾けて紅茶を飲む。

少し冷めてしまったが、充分美味しい。口の中がすっきりしたのを幸いに、皿の上に残された最後のちょこれいとを丸ごと口に入れた。

表情はほとんど動いていないが、葛目が驚いている気配がしておもしろい。

「これは珈琲と違《ちご》て、酸っぱいことはないです。甘さが強い。なんか段々美味しいなってきました。珈琲がお好きやったら、もしかしたらこれもお好きかも」

「珈琲は悪くなかった」

「そしたら、いっぺん食べてみはったらどないですか。甘いですけど、餡子とか蜜の甘さとは質が違いますよって」

葛目は否《いな》とも応とも答えず、難しい顔でちょこれいとを見下ろした。

そんな葛目を尻目に、珍しい物を食べた満足感と興奮で、ふー、と大きく息を吐く。

帰ったら、父上と母上とハナにちょこれいとのことを話そう。

兄にも話したいが、今日は職務があって帰れないと言っていた。

そういえば、目の前のこの男も兄と同じ中尉だ。

ちょこれいとに視線を落としている葛目を見遣る。今は平時とはいえ、将校が二週も続けて警察官の娘と呑気に茶を飲んでいていいのだろうか。

葛目は何を思ったのか、おもむろにちょこれいとを手にとった。そして丸ごとひとつ、ゆっくりと口に入れる。

思わずじっと見つめた先で、葛目の喉がごくりと動いた。

表情が全く変わらないので、美味しかったのか美味しくなかったのかわからない。

「――甘い」

ぽつりと言われて、巴は少しあきれた。

「先前《さいぜん》、甘いて言うたやないですか」

「うむ。旨い物ではないな」

「さいですか？」

「俺は苦手だ。食べられるのなら、残りを食べてくれ」

「よろしいんですか」

「ああ、かまわん」

頷いた葛目は、先週と同じく自分の前にあった皿を巴の前へ移動させた。

「そしたら、いただきます」

遠慮しなかったのは、葛目に他意がないとわかったからだ。

味が苦手だから譲る。それ以上でも以下でもない。

わかりやすうて楽や。

女学校では、気心の知れた友と話すときは別として、言葉の裏に潜むものを読み取らなくてはいけないときがままある。駆け引きめいたやりとりは得意ではないので、たまに疲れてしまうのだ。

それきり会話らしい会話もなく、ちょこれいとを食べていると、外から歓声が聞こえてきた。思わずそちらを窺《うかが》う。今日も朝からよく晴れているせいか、空気が澄んでいる。窓が閉まっているにもかかわらず、今度は拍手が聞こえてきた。

無言で立ち上がった葛目が、窓の方へ歩き出す。巴もすかさず後に続く。

二人並んで窓を覗《のぞ》くと、広大な庭で男の子が自転車に乗っているのが見えた。恐らくかつの上の息子だろう。立ったまま漕いでいるのは、背丈が足りないせいか。

「ええぞ、その調子や！」

「坊《ぼん》さん、お上手だす！」

洋装の紳士と、先週自転車を見せてくれた下男が、離れた場所から声をかける。

小さく頷いた男の子は力強く足を動かした。ふらふらしていた車体が、次第に安定してくる。

「おお、凄《すご》い。ああやって立って乗るんは腹に力がいりそうや」

我知らずつぶやくと、そうだな、と思いがけず葛目が同意してくれた。

「力があるだけでなく、均衡のとり方がうまいんだろう。大したものだ」

「葛目さんは自転車に乗らはったことありますか？」

「ある。慣れればなかなか快適な乗り物だ」

ぐんぐん速度をあげる男の子を眺めながら、へえ、と巴は相づちを打った。

「ええなあ、羨ましい」

「何が羨ましいんだ」

「自転車に乗れて。私も乗ってみたいです」

窓の下を横切った自転車に気をとられていたせいだろう、本心がぽろりと口から出てしまった。葛目が驚いたようにこちらを見下ろすのがわかる。

あ、お説教される。

女子《おなご》が乗るもんやない、と下男にも窘《たしな》められた。

我知らず肩に力を入れると、葛目はゆっくり口を開いた。

「あと十数年はかかるだろうが、いずれ国産の自転車が発売される。内地で大量に生産されるようになれば値が落ちるだろうから、手に入りやすくなるはずだ。きっと全国どこでも自転車が見られるようになる」

淡々と言った葛目を、巴はまじまじと見上げた。

説教せんかわりに、妙なこと言い出した……。

自転車の値が下がったら何だというのだ。

葛目はやはり淡々と続けた。

「国産の自転車が出回るまで待つといい。日本人の体に合わせて作られるだろうから、英吉利製の物より乗りやすくなっているはずだ」

はあ、と巴は間の抜けた声を出した。

巴が自転車に乗りたいと言ったのを、葛目は自転車を手に入れたいという意味にとったようだ。しかも何の疑いもなく、購入した自転車に乗るのは巴だと思っている。

半ば啞然《あぜん》としていると、葛目は端整な顔をしかめた。

「なんだ。何か不満か」

「――いえ！　全然、不満やないです。ただ、葛目さんは、女子《おなご》が自転車に乗ったらあかんとは言わはらへんのやなと思て」

「便利な物を使うのに、男も女もないだろう。むしろ男も女も乗った方がたくさん売れるから、自転車を販売する商店は儲《もう》かる。その商店が納めた税で国も潤う。大いに結構」

あっさり言われて、はあ、と巴はまた間の抜けた声をあげた。

こんなことを言う人は、今まで巴の周りにはいなかった。

やっぱり妙チキチンな人や。

キキィ！　と鋭い音が突然耳を突き刺して、巴は驚いた。

外に視線を向けると、自転車から降りようとして失敗したのか、男の子が地面に転がっていた。紳士と下男が慌てて駆け寄る。

しかし少年は自力で立ち上がった。衣服が土で汚れたが、怪我はしていないようだ。ただ、転んだのが恥ずかしかったらしく、平気です、大事ありません！　と強がっている。

そのいかにも強情な態度が逆に微笑《ほほえ》ましくて、巴は頰を緩めた。

国産の自転車ができたら、ぜひ乗ってみたい。

「それ、完全にお見合いやろ」

級友である宇垣信代《うがきのぶよ》の言葉に、はあ？　と巴は怪訝《けげん》な声をあげた。

「何言うてんねん、ちゃうよ」

「いやいや、お見合いやて。絹《きぬ》ちゃんもそう思うよな」

信代は隣に座っている小柄な少女、深浦《ふかうら》絹に同意を求めた。

んー、と絹は首を傾げる。

「たぶん、そやろなあ。そない何回も会うておかしいし」

「いや、何回も会うからこそお見合いとちゃうやろ。お見合いやったら父上と母上が同席して、相手側の親も出てきて、バーン！　て一発で決まるはずや」

巴は手に持っていた薙刀を構えて振り下ろした。びゅ、と小気味よい音がする。

やはり薙刀は良い。気持ちが整う。

いやいや、とまた信代が口を挟んできた。

「バーン！とは決まらんと思うで。断ったり断られたりもあるんとちゃうか？」

「え、そうなんか？」

「親同士が事前に話をまとめてても、実際に見合い相手本人に会うてみたら、こらあかんて思うかもしらんやろ。まあ、私はお見合いしたことないさかい知らんけど」

「知らんのかい」

巴と信代のやりとりに、ふふ、と絹が楽しげに笑う。

女学校の昼休み。午後一番の薙刀の授業の用意をするべく、仲良しの信代と絹と共に道場へやってきた。まだ寒いなあ、と言い合いながら着替えている最中に、長尾邸でピアノを習っている話をした。そして気が付けば葛目の話になっていたのだ。他の級友たちはまだ教室にいるのか、誰も来ていない。

初めて長尾邸へ赴いてから約一月《ひとつき》が経《た》った。その間に葛目と話をしたのは三回。三回目に会ったときも、羊羹《ようかん》を譲ってくれた。

あんまりしゃべらはらへんし、相変わらず愛想の欠片もないけど、ええ人や。

菓子につられているわけではない。否、菓子が倍食べられるのは確かに嬉しいが、決してそれだけではない。

他人から突拍子もないと言われる本音を口にしても、葛目は意外にきちんと耳を傾けてくれる。頭ごなしに非難されたり否定されたりしないので、安心感がある。愛《あい》敬《きょう》を振りまく必要もないため、気が楽なのだ。

「信ちゃん、お見合いしたことないんか？」

意外だったので薙刀を下ろして尋ねると、うん、と信代は頷いた。

「親には女学校を卒業してからでええて言うてるさかい」

「そうなんか。おうちの関係でお見合いしてる思た」

「話はいろいろきてるみたいやけど、今んとこ全部断ってるて父が言うてた」

信代の父親は銀行や紡績会社を経営している。長尾邸ほどではないが、大きな洋館で暮らす実業家だ。珈琲とビスケットをご馳走《ちそう》になったのは他でもない、信代の家へ遊びに行ったときである。

「絹ちゃんは、子供の頃からの許嫁《いいなずけ》がいてるんやもんな」

信代のからかいに、絹は白い頬をほんのり朱に染める。

「や、そないに大仰なもんやないで。ただの幼馴染《おさななじ》みや」

絹の父親は医学校の教員だ。許嫁は三つ年上の医学生だと聞いている。

絹が特別なわけではない。級友のほとんどが良家の子女であるせいか、最近、縁談が決まった者が増え始めている。どこそこのおうちの誰某《だれそれ》に嫁ぐことになったと、自慢げに話す者もいる。

　私は縁談より、自転車に乗ることの方がよっぽど関心あるけど。

「軍人さんかー。そういうたら巴ちゃんのお兄さんも軍人さんやったよな。私の周りにはいてはらへんからわからんけど、怖い感じ？」

　信代が興味津々で尋ねてくる。

「兄上も葛目さんも怖いことないで。葛目さんは怖いていうより、ただの無愛想や。ニコリともしはらへん」

「そうなんや。まあ、軍人さんがあんまりニコニコしてはっても、それはそれでどうかと思うけどな」

　確かに、と絹と共に頷いていると、為岡さん、とふいに呼ばれた。

　振り返った先にいたのは、級友二人だ。なぜか硬い表情を浮かべている。

「長尾さんのお屋敷で、ピアノ習《なろ》てるてほんま？」

「ああ、うん」

　隠す必要もないので頷いてみせると、二人は顔を見合わせた。

　声をかけてきた方の少女が、恐る恐る、という風に口を開く。

「あの、お屋敷で変わったことない？」

「変わったことて？」

「え、と、あの、ゆ、幽霊が出る、とか……」

「幽霊？」

想像もしていなかった言葉に、巴は頓狂な声をあげてしまった。

信代と絹も目を丸くしている。

「そないな話、聞いたことない」

「ほんま？」

「ほんまや。先週お邪魔したけど、先生も使用人の人らも皆お元気やったで。困ってはる様子も怖がってはる様子もなかった」

薙刀を手に仁王立ちで言い切ると、二人はほっと息をついた。

「そうなんや。変なこと聞いてごめん」

「や、別にええけど。それより、なんでそないな話が出てきてん。誰かが長尾さんのお屋敷に幽霊が出るて言うたんか？」

級友たちは再び顔を見合わせた。一頻《ひとしき》り互いを肘でつついた後、一人が小さな声で打ち明ける。

「うちの女中がしゃべってるんを、たまたま聞いて……」

「私は、叔父さんがうどん屋さんでそういう話を聞いたて……」

巷《ちまた》の噂《うわさ》、というわけだ。長尾家は上方だけでなく、全国でも名の知れた富豪である。

おもしろ半分にあれこれ話す人がいても不思議はない。

「ほんまに幽霊なんか出てへんから。女中さんと叔父さんにそう言うといて」

改めてきっぱり否定すると、二人はうんと素直に頷いた。

安堵した様子で背を向けた級友たちを、眉根を寄せて見送る。

一人だけならともかく、二人から聞いたのが引っかかる。各々が別の場所で幽霊話を耳にしたということは、それなりに噂が広まっていると見ていいだろう。良い内容ならまだしも、悪い内容なのが気がかりだ。

かつ先生にお話しした方がええやろか。

しかしただの噂だ。余計なお世話な気もする。

そこまで考えた巴の脳裏に、ふいに仏頂面が浮かんだ。

――葛目さんにやったら話してみてもええかも。

葛目は変わった考え方をする人だ。他の人とは異なる見解が聞けるかもしれない。

「巴ちゃん、顔怖い」

信代に背中を叩かれ、巴は我に返った。

「あ、ごめん」

「先生と長尾さんの家の人が心配なんやな」

「うん。変事が起こらへんか、私がずっと見張れたらええけど、そうもいかんし」

仁王立ちのまま言うと、ふふ、と絹が柔らかく笑う。

「巴ちゃんに見張っといてもらえたら百人力や。薙刀は強いし、ちょっとやそっとのことでは動じへんし、頼りになる」

巴は我知らず頬を緩めた、おしとやかとか愛らしいと褒められるより、よほど嬉しい。改めて薙刀を構えて突きの型をくり出すと、信代と絹はパチパチと手を叩いてくれた。

ほう、と絹がため息を落とす。

「巴ちゃんの型は、いつ見ても舞みたいで美《うつ》やかやなあ」

うんうんと信代も頷く。

「試合のときも舞みたいやで。薙刀の重さを全然感じさせへん。私なんか、持って構えるだけで精一杯や」

女学校では、巴のような武家の娘は少ない。ピアノやオルガンの心得はあっても、薙刀の心得はない者がほとんどである。

もっとも、明治となった今は、元武家の娘だからといって薙刀を習っているとは限らない。巴は母が師範代だったため、幼い頃から道場に通うことになっただけだ。

巴は胸の辺りをドンと拳で叩いてみせた。

「助けが必要やったら、いつでも言うてや」

「相手が幽霊でも？」

「幽霊でも！　幽霊より私の方が強そうやろ」

巴の言葉に、確かに強そうや、と信代と絹は楽しげに笑う。

男に生まれてたら警察官になって、困ってる人を助けたかった。

父にだけそう打ち明けたことがある。警察官である父は相好を崩し、巴やったら立派な警察官になれたやろなあ、と言った。戯言《たわごと》を言うなと窘められたり、女子《おなご》が差し出がましいと怒られたりしなかったのが嬉しかった。

振り返ってみれば、父は巴の言葉を頭ごなしに否定したことは一度もない。母と兄もだ。三人は身内だから、巴に甘いのかもしれない。

またしても葛目の端整な面立ちが脳裏に浮かんだ。

私の言うことを真正面から聞いてくれはった大人は、他人では葛目さんが初めてかもしれん。

その週の日曜、巴は長尾邸に赴いた。

葛目に幽霊の話を聞いてもらおうと思っていたせいか、どうにも苦手なピアノの稽古が待っているというのに、いつになく足取りが軽かった。

「さ、始めましょ！　追試に向けて、がんばりましょうね！」

幽霊の噂が届いていないのか。あるいは、知っていても気にしていないのか。どちらかはわからないが、かつの快活な物言いに安堵する。

出迎えてくれた古参の女中にも変わった様子はなくて、ほっとした。

「先生、あの、これ、慙無《ざんな》いもんですけど、もしよかったら皆さんで召し上がってください。母からです」

風呂敷包みから出した紙の箱を差し出す。中身は市中で評判の米菓店で購入したあられだ。

「まあ、みつやさんのあられ！　ありがとう！　夫も私も、息子らも好きやから嬉しいわあ！　けど気ぃ遣《つこ》てくれはらんでもええのに」

「いえ、こちらこそお世話になって。あと、もし今日、葛目さんが来はったら、お茶と一緒にこれを出していただきたいんですけど、お願いできますか」

巴はあられと一緒に持ってきた紙の包みを差し出した。

今日も洋装に身を包んだかつは、ぱちぱちと瞬きをする。

「もちろんええけど、何かしら。見てもええ？」

はい、と巴が頷いたのを確認したかつは、紙の包みを広げた。

たちまち醬油《しょうゆ》の香ばしい匂いが漂う。

「わあ、大きいお煎餅やこと！」

「葛目さんに、召しあがってもらいたい思て」

かつに渡したあられを購入した店より、かなり庶民的な店の煎餅だが、巴の好物である。もらってばかりでは悪いので、葛目にも何か食べてもらいたい。そう思ったとき、真っ先に思い浮かんだのが、幼い頃からよく食べている醬油煎餅だった。甘い物が苦手でも、これなら食べられるはずだ。

葛目さんにお煎餅を買っていきたいと言うと、母は一瞬目を丸くした。が、わかった、とすぐに頷いてくれた。

かつもなぜか、母と同じように目を丸くする。

「先生？」

「え、あっ、まあ、そう！　三郎君に！　まあ、そう！」

何度も頷いたかつは、嬉しげにニコニコと笑った。

何やろ。葛目さん、お煎餅が好物なんやろか。

もしそうなら煎餅を選んでよかったが、かつの喜びようは度が過ぎている気もする。

不思議に思っていると、扉が叩かれた。どうぞ、とかつが明るく応じる。

失礼いたします、と顔を覗かせたのは若い女中だった。最初に長尾邸を訪れたとき、下男と一緒にいた女の子だ。

会釈した巴に、少女は一瞬顔をしかめた。巴は彼女を覚えていたが、彼女は覚えていなかったのかもしれない。

しかしすぐに思い出したのか、慌てたように頭を下げた。

「どないしたんや、トミ」

かつに声をかけられた女中――トミという名らしい――は、うつむき加減で答える。

「先ほど、葛目中尉様がお越しになりました」

「あら、今日は早いんやねえ。これからお稽古やさかい、もう少しだけ待っといてほしいてお伝えしてちょうだい」

「それが、じきにお帰りになりました。お仕事の途中に立ち寄っただけやて仰って」

「そう……。残念やわ」

かつはあからさまに肩を落とした。巴もなんだかがっかりする。

お煎餅、葛目さんに食べてもらえんかった……。

それに、幽霊の話も聞いてもらえない。

葛目さんがどう言わはるか、聞きたかった。

「あの、そんで、これを、ピアノを習いに来てはる生徒さんに、渡してほしいて言付かりました」

トミが差し出したのは、見覚えのある茶色い紙の袋だった。

「あらあらあら！　まあまあまあ！」

無闇に感心しつつ受け取ったかつは、中を見ずに巴に手渡した。

「三郎君からやて！　はい、どうぞ」

「あ、ありがとうございます」

巴は丁寧に袋を受け取った。重くはないが軽くもない。袋越しに中身に軽く触れると、四角い形の物が二つ入っているのがわかる。

おお、筒井《つつい》の最中《もなか》や。

巴が幼い頃から口にしている、筒井という和菓子屋の最中だ。

いきなり降って湧いた好物に、我知らず頬が緩む。

葛目は巴の好物を兄に尋ねたのだろうか。軍隊でも休憩時間はあるから、そのときに聞いたのかもしれない。が、あの無愛想な男が、妹御の好物は何ですか、と兄にわざわざ尋ねるなんて想像がつかなかった。偶然買った最中が、たまたま巴の好物だったのだろう。

どちらにせよ、葛目が自ら菓子屋へ赴き、最中を購入したのは間違いない。下士官を私用でこき使うような人でないのは、何度か話したからわかる。軍服で訪れたのか私服だったのかはわからないが、端整ではあるものの強面《こわもて》の長身の男に、店員もさぞ緊張したことだろう。

「巴さんが三郎君に食べてもらいたいて思たように、三郎君も巴さんに食べてもらいたかったんやねえ」

葛目が買ってきたのが最中だとわかったらしく、かつは嬉しげに笑う。

ありのままの事実を言われているだけなのに、なんだか妙に恥ずかしくて、巴は頬を掻《か》いた。

「私が甘い物に目がないんを、葛目さんはご存じですから」

「巴さんも、三郎君はしょっぱい物が好きやて知ってるもんねえ」

「や、お好きかどうかはわからんのですけど、私はしょっぱい物も好きやから、好物の醬油煎餅を葛目さんにも食べていただけたら思て。あの、葛目さんにお礼を伝えといてくれはりますか？」

「もちろん！　巴さんが喜んでたて伝えとくわ。それにしても、お互いに食べてもらいたい思て同じ日に買《こ》うてきたて、なんかええねえ」

かつがしみじみと言う。

何がどういいのかわからなくて、はあ、と巴は間の抜けた相づちを打った。

ふいに視線を感じて振り向く。

刹那、そこにいたトミと目が合った。

トミは慌てたようにうつむく。

何やろ。私、変なことしたかな。

「そしたらお稽古始めましょ。お煎餅は、万作《まんさく》に言うて兵営に届けてもらうよって」

かつのうきうきとした物言いに、巴は慌てた。

「いえ、そんな。煎餅如きでお屋敷の方の手ぇを煩わせるわけには」

「遠慮せんでええんよ。こういうのは気持ちを伝えるんが大事やから！　トミ、万作を呼んできてくれる？」

承知しました、と応じたトミはペコリと頭を下げ、素早く踵を返した。

やっぱり様子が変や。

もしかしたらトミは、幽霊の噂を耳にしたのかもしれない。自分が働いている屋敷に幽霊が出るなんて、嘘とわかっていても良い気分ではないだろう。

次に葛目に会ったとき、まだ噂が消えていないようであれば相談に乗ってもらわなくては。

教室の片隅でかたまっている数人の級友を、巴は横目で見遣った。

一人と目が合う。その生徒は、ビク、と肩を揺らしてそそくさと顔を背けた。

何やねん。腹立つな。

休憩時間の度に、こそこそと何やら話しては巴を見る。そしてまたひそひそと内緒話をする。昼休みになっても同じことのくり返しだ。朝、おはようと挨拶したときも無視された。

他の生徒たちはといえば、内緒話に加わろうとはしないものの、巴に近付こうともしない。挨拶は返すが、どこかよそよそしい。

巴はもともと人の心の動きに敏《さと》いわけではない。しかしさすがに良いことを話しているのではないとわかった。

昨日、家に帰ってから葛目にもらった最中を食べた。いつもと変わらず美味しかったけれど、なんとなく意気が上がらなかった。寒の戻りで朝から寒かったせいもあり、すっきりしない気持ちのまま登校したら、この有様だ。

「巴ちゃん、顔怖い」

隣で弁当箱を片付けていた信代に腕をつつかれ、巴はしかめっ面のまま振り向いた。

「何なんや、あれは」

「気にせんでええ。しょうもないことしか言うてへんのやさかい」

「しょうもないこと？　信ちゃん、何か知ってるんか？」

信代は鼻先に皺《しわ》を寄せた。巴も朝から苛々《いらいら》しているが、信代も輪をかけて苛立っている。

「そやからしょうもないことや。アホらしいて話にならん」

信ちゃん、と信代の隣にいた絹が遠慮がちに呼ぶ。

「私もアホらしい思うけど、巴ちゃんには話した方がええと思う。あの子ら、全然やめる気ぃないみたいやし」

絹は真面目な顔で言った。どうやら事情を知っているらしい。

信代は、ふー、と己を落ち着かせるように息を吐いた。話す気になったようで、改めて巴に向き直る。

「この前、長尾さんのお屋敷に幽霊が出るていう話を聞いたやろ」

ストーブに近い場所にいた級友二人が、体を強張らせたのがわかった。ばつが悪そうに首を竦《すく》める。

信代はちらとそちらを見た後、続けた。

「あのやくたいもない噂、けっこう広まってるみたいなんや。しかも妙な尾鰭《おひれ》がついてる」

「尾鰭？」

「かつ先生の旦那さんが経営してはる鉱山で、劣悪な働き方をさせられて亡くなった人が、長尾家を祟《たた》ってる言うねん。長尾さんのお屋敷に出る幽霊は、その人やて」

巴は思い切り顔をしかめた。

「なんじゃそら。アホらし」

「そうや。極めつきのアホや。そんでもっとアホなんは、巴ちゃんが長尾さんちに出入りしてるから、巴ちゃんと関わると祟られるて、わけのわからんことを言い出してる人や。万歩譲って幽霊がほんまにおったとしても、その幽霊は長尾家を恨んでるんやろ。巴ちゃんは関係ない。そもそも幽霊やのうて巴ちゃんが祟るみたいになってるんはなんでやねん。しかも私と絹ちゃんに、巴ちゃんと離れた方がええてわざわざ言いにきて、とんだお為ごかしや。ていうか、私と絹ちゃんがそないな与太話に、さいですか、仰る通りにいたします、て従う思たんか。アホらしい」

　周りに聞こえるように滔々《とうとう》と言ってのけた信代は、じろりと教室の片隅をにらんだ。信代の父親は江戸の頃に営んでいた小さな商店を、己の腕一本で大きくした敏腕家だ。最初に生まれた長女を、ただかわいいかわいいと甘やかして育てたわけではないのは、信代の言動を見ていればわかる。

　おまけに信代は学年一の秀才だ。言葉に説得力がある。現に級友の何人かは、確かに宇垣さんの言う通りやな、という顔をしている。

　なるほど、朝から避けられていたのは「祟り」が怖いかららしい。

　巴は眉間を揉《も》んだ。信代が理路整然とおかしいところを指摘してくれたおかげで、少し冷静になれた気がする。

「私は昨日も長尾さんのお屋敷へ行って、ピアノを教えていただいた。先生も皆さんも、穏やかにおすごしやった。そもそも幽霊なんか出てへんのやから、祟りだの恨みだの言うんはお門違いや。おもしろ半分にええ加減な噂を流すんは、恥知らずな振舞いやと心得た方がええ」

きっぱり言うと、教室の片隅にいた何人かがこそこそと出て行った。

おおー、と信代が感心したような声を出す。

絹は小さく拍手をしてくれた。

「巴ちゃん、かっこええ」

「いや、私は何も。信ちゃんがきちんと説明してくれたおかげや。ありがとう」

「説明も何も、ほんまのことやろ。うちの父も大概いろいろ言われてるからな。否定すべきことは否定しとかんと。巴ちゃんが羨ましいからて、しょうもない」

ふんと鼻を鳴らした信代に、巴は首を傾げた。

「なんで私が羨ましいんや」

「長尾かつ先生にピアノを習《なろ》てるからやと思う。かつ先生は二年前に設立された東京音楽学校から教員の誘いがあった、音楽の世界では有名な方や。それやのに今、息子さんらの養育に力を入れたいからて弟子はとってはらへん。そのかつ先生に教えてもらえてる巴ちゃんが羨ましいんやろ。幽霊の噂にかこつけた便乗悪口や」

へえ！　と巴は驚きの声をあげた。かつがそんな有名な先生だなんて知らなかった。己の経歴をひけらかすことなく、壊滅的にピアノが弾けない巴に根気強く教えてくれるかつを、ますます好きになる。今更だが、嫌々通い出したのが申し訳ない。

ともあれ、かつにピアノを習っていることで悪口を言われるのは納得がいかない。

「けど、あの子らが言いふらしてるんは長尾家の悪い噂やろ。私の悪口を言うてるつもりで、結果的にかつ先生を貶《おとし》めることにならんか？」

「なる。そやから極めつきのアホや言うてんねん」

「ほんまやな。どうせ悪口言うんやったら、私のピアノが救いようのないほどベタクソやとか、英語と裁縫の成績が毎回落第ギリギリとか、ほんまのことを言うたらすぐ悪口になるのに。幽霊とか祟りとか遠まわしな悪口考えて、よっぽど暇なんやな」

正直に感想を言うと、信代と絹は吹き出した。

やりとりを聞いていた周囲の級友たちも、くすくすと笑う。

「私、巴ちゃんのそういうとこ好きやわ」

笑いながら言った絹に、私も、と信代が頷く。

「裏表があらへんのも、巴ちゃんのええとこやな」

この二人は最初から幽霊の話に動じなかった。噂に惑わされることもなかった。

私は、ええ友を持った。

ふいに葛目の顔が脳裏に浮かぶ。

今日のこの出来事を、葛目さんに話したい。

今度の日曜は会えるだろうか。


白い鍵盤を、親指でゆっくり叩く。

ターン、となかなか良い音が出た。楽譜の通り、ドの音を続けて弾く。

叩いて音が出るという点では、ピアノも太鼓と同じだ。指で叩く太鼓だと思えば、それなりにおもしろい。

「うん、随分良うなった。柔らかい音が出るようになったねえ」

横に座っていたかつが褒めてくれる。

照れくさくなって、巴は頰を掻《か》いた。

「先生のおかげです。ちょっとずつやけど、ピアノが楽しいて思えるようになってきました」

「まあ、そう！　嬉しいわあ。試験に合格するんはもちろん大事やけど、一番大事なんは楽しんで弾くことやさかい」

「来週の試験でも、楽しんで弾きたいです」

真面目に応じると、かつは嬉しそうに笑った。

かつ先生、お元気そうや。良かった。

巴の学級では、大っぴらに長尾邸の幽霊の話をする者はいなくなった。が、他の学年や学級では、相変わらず噂されているようだ。全員ではないものの、休み時間や登下校時に、巴を指さしてひそひそと何やら言い交わす者がいるので間違いない。

――春が始まったばっかりで夏はまだまだ先やのに、皆そないに幽霊話が好きなんか。他に話題はないんか？　そないに暇か。

これならまだ、何年何組の誰某の結婚が決まったとか、某店で売っている流行のハンカチーフが素敵だとか、それがどないしてん、と言いたくなるような他愛ない噂の方が万倍ましだ。

「さ、そしたらお稽古はここまでにしましょか」

「はい。ありがとうござりました」

再び頭を下げた巴は、そっとかつを窺った。

「あの、先生。今日、葛目さんはおいででしょうか」

楽譜を片付けていたかつは、細い首が折れそうな勢いで巴を見た。

いけないことを聞いてしまったかと、思わず顎を引く。

かつはなぜか満面に笑みを浮かべた。

「最近忙しいみたいやの。行けたら行くて言うてたけど、この時間に来てへんていうことは、今日は無理かもしれへんねえ」

「さいですか……」

今日も葛目に会えないらしい。自然と肩が落ちる。

するとかつが、そうそう！　と明るい声をあげた。

「先週、巴さんが三郎君にて買《こ》うてきてくれたお煎餅、美味しかったて言伝《ことづて》があったわ。二枚いっぺんに食べてしもたて」

巴は我知らず安堵の息を吐いた。自分が美味しくて好きなものを、葛目も美味しいと思ってくれたのが嬉しい。

「私も、葛目さんにいただいた最中、美味しかったです」

「そう！　三郎君に伝えとくわね。きっと喜ぶわ。ん、そしたら今日は、私と二人でお茶をいただきましょ。美味しいワッフルがあるんよ」

さっと立ち上がったかつに、巴は慌てた。

「あの、いっつもすんません。ご教授いただいてる身ぃやのに、毎回ご馳走になってしもて……」

「私が巴さんとお話ししたいんやから、気にせんでええんよ。女学生に戻ったみたいで楽しいわ」

うふふ、と少女のように笑ったかつは、用意するさかい待っとってねと言い置いて部屋を出て行った。スカートがふんわりと揺れ、扉の向こうへ消える。

わっふるて何や……。

名前から想像するに、西洋菓子に違いない。

かつ先生とお話しするんはもちろんやけど、わっふるも楽しみや。

しかし、やはり葛目に会えないのは残念だ。

葛目に話せないのなら、父か母かハナに聞いてもらおうか。もし兄が帰っていたら、兄に話すのもいい。

そこまで考えたものの、巴は首を横に振ることで無しにした。

――私は、葛目さんがどう言わはるかが聞きたいんや。

他の人では意味がない。

今日は朝から冷たい雨が降ったりやんだりして肌寒いが、暖炉に火が入っているため室内は暖かい。とはいえ急に室温が上がったわけでもないのに、なぜか顔がじわじわと熱くなった。

戸惑って頬に手をあてていると、コンコンコン、と扉が小さく叩かれる。かつが戻ってきたのかと、勢いよく顔を上げた。

が、扉は開かない。誰も入ってこないどころか、声も聞こえてこなかった。

首を傾げていると、コン、コン、とまた扉が叩かれる。

「はい。どなたですか？」

椅子に腰かけたまま、一応返事をしてみた。

返ってきたのは沈黙だった。扉も微動だにしない。

――何やねん。

眉根を寄せると、またコンコンコンと音がした。そしてごく小さな声で、誰かが何かを呟《つぶや》く。しかし分厚い扉に阻まれ、よく聞き取れない。

かつの幼い息子たちだろうか。今日は雨のせいか、外で遊ぶ姿は見られなかった。

母を捜しているのかもしれない。

「かつ先生は、ここにはおられません。お台所《だいどこ》です」

精一杯優しい声でそう言ってみたが、返事はなかった。

立ち上がった巴は扉に近付いた。

「……い、すこい……」

ごく小さな掠《かす》れた声だったが、先ほどよりはちゃんと聞こえた。

すこい――つまり、狡《ずる》いと言っている。

誰が、何が狡いのか。

巴が顔をしかめたそのとき、また声がした。

「すこい……、すこい……」

背筋に寒気が走ったのは、暗く沈んだ声に滲《にじ》む憎悪が伝わってきたせいだ。まるで恨み言を呟いているかのように聞こえる。

ふいに級友の言葉が耳に甦《よみがえ》った。

――え、と、あの、ゆ、幽霊が出る、とか……。

刹那、どっと冷や汗が全身に吹き出す。

いや、待て、落ち着け。幽霊なんか、いるはずない。

腹に力を入れた巴は、思い切って扉を叩き返した。

「開けますよ」

自《おの》ずと凄みのきいた物言いになる。

返事はない。

大きく息を吐いた巴は、ゆっくり扉を開けた。ガチャ、という音が辺りに響く。

曇り空のせいで薄暗い廊下には、誰もいなかった。

一歩部屋を出てみる。広い廊下の左右を確認するが、やはり誰もいない。

思わずほっと息をついたそのとき、視界の端を白い物がかすめた。

ハッとして振り向く。

立派な柱の向こう側に、白い布のような物がひらりと舞った。

「うわ……！」

巴は咄嗟《とっさ》に白い物がいた方向とは反対側へ駆け出した。着物だから走りにくい。女学生の袴着用を禁止した文部省が恨めしい。

部屋に戻る選択は最初からなかった。扉はひとつだけだ。もし閉じ込められたら逃げ道がなくなる。窓から出てもいいが、開けて、飛び越えて、という手間を考えると現実的ではない。逃げるなら外。ここから一番近い出入り口は玄関だ。

──いやでも、私が逃げてる間に、幽霊がかつ先生とお子さんらのとこへ行ったらまずい。

お茶の用意をしてくれているかつは、女中たちと一緒にいるはずだから、ある程度は安心だ。

かつの息子たちは恐らく二階にいる。もしかしたら二人きりかもしれない。

まずは玄関を入ってすぐにある階段を上り、二階にいる二人の下へ急ぐべきだろう。

あ、けど私、得物を持ってへん。

薙刀も刀もないのに幽霊を打ち負かせるのか？

そもそも幽霊は、薙刀や刀で倒せるものなのか。

玄関まで全力で走りながらそこまで考えた巴は、階段を駆け上がろうとした。

が、次の瞬間、おい！　と背後から声をかけられて立ち止まる。

玄関から中へ入ってきたのは、中折れ帽をかぶった洋装の男――葛目だ。

「葛目さん！」

思わず呼ぶと、葛目は目を見開いた。

「どうした」

「ゆう……、いや、怪しい奴《やつ》が……！」

「なんだと？　ピアノの部屋の方か？」

「はい……！」

「わかった。君はここにいろ。万作、ここを頼む」

葛目は素早く身を翻し、巴が走ってきた方向へ駆け出した。

広い背中はあっという間に遠ざかる。

何事かと慌てて入ってきた万作――自転車の仕組みを説明してくれた下男だ――が、全力で走ったために髪と着物が乱れた巴を見て、あれまあ！　と驚きの声をあげた。

「いとはん、なんでそないなお姿に！　えらいこっちゃ、大事ございまへんか？」

「はい、大事ありまへん。あ、すんまへん、ちょっと拝借」

巴は肩で息をしながら、万作が持っている箒《ほうき》を手にとった。ぐるりとまわし、薙刀のかわりに中段に構える。堂に入った動作に、おおう、と万作は狼狽《うろた》えたような、恐れ入ったような声をあげる。

改めて廊下の先を見遣ると、葛目は廊下の端までたどり着いていた。速い。周囲を見回しているが、誰もいないようだ。そこで葛目は腰からピストルを取り出した。両手でしっかり構え、つい先ほどまで巴がいたピアノの部屋に躊躇《ちゅうちょ》なく入って行く。

一歩前に出て得意の八相に構え直したのは、部屋の中に何かがいて飛び出してくるかもしれないと思ったからだ。

しかし銃声はもちろん、物音も葛目の声も聞こえてこない。

息をつめていると、騒ぎを聞きつけたらしく、数人の女中がわらわらと廊下に出てきた。

「あれ、巴様、どないしはったんでっか！」

「何事です？」

「お静かに」

得物を手に入れたからか、あるいは一人ではないという安心感からか、落ち着いた声が出た。これなら何が起こっても対処できる。

「先前《さいぜん》、不審者らしき者が。今、葛目さんが様子を見に行ってくれてはります。皆さん、私から離れんといとくれやす」

一塊になった女中たちは、青い顔でこくこくと頷いた。万作が一同を守るように仁王立ちになる。一人も取り乱していないのは、さすが長尾家に仕える者たちだ。

やがて葛目が部屋から出てきた。ピストルは既にしまわれている。

「大丈夫だ、誰もいない」

葛目は駆け戻りつつ頷いてくれた。

万作と女中らが、一斉に安堵の息を吐く。

しかし巴は箒を下ろさなかった。構えたまま葛目に問う。

「誰かいた気配はございましたか」

「なかった。俺が確かめたのだから間違いない」

冷静そのものの口調で言った葛目は、いつもと変わらない仏頂面だ。

不審者がいなかったこと、そして目の前の葛目が無事であることを確信して、巴はようやく箒を下ろした。冴え冴《ざ》えとして冷たかった体に、一気に血が通う。意図せず、その場にへなへなと座り込んでしまった。

あ、おい、と珍しく葛目が慌てた声を出す。同時に、ぐいと腕をつかまれた。

「大丈夫か？」

「すんまへん。気ぃが抜けて……」

巴はどうにかこうにか自力で立った。

――技をかけた後、かけられた後、気ぃを抜いたらあかん。どないな事態にも対処できるように、身構えと心構えをしておかんと足をすくわれる。

薙刀の師匠に何度も口酸っぱく言われた残心を忘れていた。情けない。

「お女中、どこか部屋を借りられるか。長椅子があるといいんだが」

巴の腕を支えたまま、葛目が問う。

「どうぞ、あちらのお部屋に！　今かつ様をお呼びしますよって」

「巴様、休んどいとくれやす。ぬくといお飲み物を持ってきますさかい」

「あ！　あの、もう平気です。お騒がせしてすんまへん」

しっかりと足を踏ん張り、葛目と女中らに頭を下げる。

しかし葛目の手は離れなかった。

「いいから休め。歩けるか？」

「はい、歩けます」

そやから離してくれはって大丈夫です、と続けようとした巴の手から、葛目は箒を取り上げた。もちろん腕はつかまれたままだ。

万作が恭しく箒を受け取る。

「いとはん、お強いんだすなあ。わしらを守ってくれはってありがとうございました」

「いいえ、とんでもない。お騒がせした上に、何の役にも立てへんで。私の方こそすんまへんでした」

実際、ただ騒いだだけで何もできなかったので恐縮してしまう。

――あの白いのは、いったい何やったんや……。

本当に幽霊か？　雨が降っていて薄暗いとはいえ、こんな真っ昼間に？

ともあれ、学校で散々幽霊の噂を聞かされたせいで動転したのは間違いない。

私もまだまだ未熟者や。

「さ、行くぞ」

「あの、ほんまに、離してくれはって大丈夫ですよって」

三郎の手を押しやった巴は、足を踏み出した。

なんとか歩けたが、どうにも力が入らずよろめいてしまう。

すると、唐突に肩をつかまれた。え、と声をあげると同時に、両脚をまとめて抱え上げられる。うわっ、と驚きの声をあげたときには、葛目に横抱きにされていた。

――おおお、何やこれは！

「お、下ろしてください！　一人で歩けますよって！」

「嘘をつくな。歩けていなかっただろう」

じたばたと手足を動かすが、葛目はびくともしなかった。抱えられている状態で暴れているのに、少しもぐらつかない。

さすが軍人さん。鍛え方が違う。私ももっと精進せんとあかん。

感服すると同時に、己の鍛錬不足を反省していると、葛目は巴を抱き上げたまま悠々と歩き出した。

——あ、いかん。感服してる場合やなかった！

「ちょっ、ほんまに大事ありまへんよって、下ろしてください！」

「大きい声を出すな、うるさい。お女中、ここでいいか？」

「へえ！　さささ、こちらへ、こちらへどうぞ！」

熱心に促す女中がいれば、手で口許を押さえている女中や、なぜかしっかりと両手を握り合っている女中たちもいる。全員に共通しているのは、頬を染めてこちらを見ていることだ。

無性に恥ずかしくなった巴は、暴れるのをやめて頭を抱えた。

顔だけでなく耳や首筋まで熱い。心臓が早鐘を打っている。

白い物を見た後も心臓が跳ねたが、それとはまるで違う。

うおー！　と叫び出しそうになるのを必死に堪えていると、静かに長椅子に下ろされた。やはり少しもよろけない。

「す、すんまへん。お世話かけました」

慌てて礼を言うと、葛目は無言で頷いた。離れるかと思いきや、なぜか屈《かが》んで巴が腰かけている長椅子の背に手をつく。

「もうすぐかつさんが来る。事の次第を説明しなくてはいけないだろう。ひとまず見間違いだったことにしておけ」

恐らく巴にしか聞こえないだろう、ごく小さな声で言われて瞬きをする。

見間違いだった、と断じるのではなく、見間違いだったことにしておく。

つまり、葛目は巴の見間違いだとは思っていないのだ。

巴は目を丸くして葛目を見上げた。

葛目はごく近い距離でしっかり視線を合わせてくる。漆黒の闇を思わせる瞳には、端整な面立ちと同じく表情がなかった。腹の内が読めない。

羞恥どころではなくなり、意図を探るように見つめ返す。

葛目はやはり小さな声で続けた。

「後で、詳しく聞かせてくれ」

第二章　巷の噂

「そういうわけで、長尾さんのお屋敷に幽霊が出るて女学校で噂されてるんです。私も仲のええ友もまともに取り合《お》うてまへんけど、聞こうとせんでも耳に入ってくるさかい、気付かんうちに幽霊のことが頭にこびりついてたんやと思います」

巴が慎重に言葉を紡ぐと、葛目は無言で頷いた。

ちゃんと聞いてくれているとわかって安堵する。

それでもなんだか落ち着かないのは、葛目と並んで歩いているからだ。

心配だから送って行くと言われて一度は固辞したものの、葛目が目配せをしたのでハッとした。幽霊の話を聞きたいのだと察して、そしたらお頼申しますと頭を下げた。もともと葛目には幽霊の噂について話したいと思っていたのだ。ちょうど良い。

屋敷の外に出ると、雨はやんでいた。灰色の雲の切れ間から西に傾いてきた太陽が顔を覗かせ、通りを明るく照らしている。先ほどまでとは打って変わって、急に暖かな春の気配が感じられた。

「そやから、カーテンとか廊下に飾られてた花とか、そういう何でもない物が幽霊に見えてしもたんやないかと」

思ったことをそのまま伝えると、ふむ、と葛目は今度は相づちを打った。

「枯れ尾花、か」

はい、と巴は頷いた。

化け物の正体見たり枯れ尾花。江戸の頃の句だ。

実際、幽霊を見たというより、何かを幽霊と見間違えたと考えた方が理が通る。

それに、かつや長尾家で働く使用人たちの耳に、幽霊の噂を入れたくない。

葛目に言われたからではなく己の考えで、見間違えで騒がせたとかつに詫《わ》びた。頻りに心配するかつに、来週の試験のことを考えてたからかもしれません、となんとか言い訳を捻り出すと、ようやく納得してくれた。巴さんがそない緊張してたて気ぃ付かへんでごめんねと謝られ、大いに恐縮した。

「君の言う通り、白い物を幽霊と見間違えたのだとしよう。では、扉を叩いたのは誰だ」

落ち着いた口調で問われ、巴は首を傾げた。

「さあ……。私は最初、かつ先生の御子さんやないかと思いました」

「君が扉を開けたとき、廊下に子の姿はなかったんだろう？」

「はい、見ませんでした」

「ピアノの部屋へ様子を見に行った後、俺が玄関へ戻ってきたとき、智之《ともゆき》と義之《よしゆき》は二階の踊り場の脇から下を覗いていたぞ。すぐ傍には家庭教師のモレル女史の姿もあった。女史の目を盗んで部屋を抜け出し、ピアノの部屋の扉を叩いておいて玄関まで走り、更に階段を上って二階へ行くのは無理だ」

「けど、誰かが扉を叩いたんは間違いないです」

一度ならまだしも、何度も叩かれたのだ。気のせいではない。

――まさか、本当に幽霊の仕業だったのか？

いや待て。そもそも幽霊は扉を叩くことができるのか。

落《お》とし噺《ばなし》や講談に出てくる幽霊は、扉を叩けるようには描かれていなかった気がする。演芸に詳しい父ならわかるかもしれない。

混乱しつつも真剣に考えていると、葛目がやはり冷静な口調で尋ねてきた。

「扉の向こう側で、すこい、と誰かが言ったのも聞いたんだな」

「はい。けどもしかしたら、凄いとか酢昆布《すこぶ》とか言うたんを聞き間違《まちご》うたかもしれまへん。他にも何か言うてたかもしれまへんけど、聞き取れたんはそれだけでした」

「……凄いはともかく、酢昆布《すこぶ》はないだろう」

独り言のような呟きに、さいですか？　と首を傾げる。

そうだ、と葛目は応じた。低く響く声には若干あきれが滲んでいる。

——そやかて、すこいと酢昆布《すこぶ》は響きが似てるやろ。すこ、までは同じやし。

ムッとしている間に、葛目は続ける。

「何者かはわからんが、君を怖がらせようとしたのは確かだな」

「なんで私を怖がらせようとしたんでしょうか」

「女学校で幽霊の噂が出回っているんだろう？　その噂に信憑性《しんぴょうせい》を持たせたかったのかもしれん。あるいは計算された意図はなくて、単純に君を怖がらせたくて悪戯したか。いずれにしても、本当のことは相手に聞いてみないとわからん」

「ちょっと待ってください。その相手て、あのとき長尾さんのお屋敷にいた人ていうことになりますよね？　あれだけのお屋敷に出入りするんや、皆さん身元はきちんとしてはる思います。変な悪戯をする人がいてるとは思えへん。かというて、怪しい奴が入ってきたら誰かが気付くやろうし」

眉を寄せて言うと、葛目はなぜか感心したようにこちらを見下ろした。

中折れ帽の鍔《つば》の下から、切れ長の鋭い目が見つめてくる。

「君は案外冷静に物事を見るんだな」

「……その言い方、実は褒めてへんでしょう」

「いや、褒めている」

怪しい。

じとっと見つめ返すと、本当だ、という風に葛目は真顔で頷いた。

「侵入してくるのが怪しい奴とは限らない。女中や下男は厳しく身元を確認しているだろうが、屋敷に出入りしているのは使用人だけではない。御用聞きだけでも何人もいるはずだ。店の主人は信頼できるとしても、使いの小僧はどうか。小僧の身元は確かでも、菓子や小遣いほしさに頼まれごとを引き受けるかもしれん。御用聞きに行ったときにそっと忍び込んで、部屋の扉を叩いてくるだけでいいんだ。なに、ちょっとした悪戯だよ。そんな風に唆《そそのか》されたら、悪いことだとは思わずに実行する小僧がいてもおかしくはない」

「確かに……」

巴は素直に感心した。葛目こそ、冷静に様々な可能性を考えている。

廊下で見た白い何かは別として、扉を叩いたのと、すこいとつぶやいたのは、人間だと考えるのが妥当だ。誰かが、巴か長尾家に明確な悪意を持っている。

わずかに寒気がした。女学校でたまに耳にする悪口とはわけが違う。

「この先、君の身の周りで不審な出来事が起きたら、すぐ俺に知らせてくれ」

唐突に言われて、へ、と思わず声をあげる。

「平日の勤務中でもですか？」

「ああ。上には話を通しておく。もしいないようだったら言伝を頼む」

　葛目は相変わらず無表情だったが、冗談を言っているのではないと伝わってきた。

　上というのは上官のことだろう。葛目が長尾家を心配するのはわかるが、軍とは関わりのない知らせを勤務中に受け取るために、わざわざ上官に話を通すのはおかしくないか？

　どうにも腑《ふ》に落ちなくて黙っていると、葛目は巴が疑念を抱いたことに気付いたらしく、わずかに眉を上げた。

「こういうことは特別珍しくない。軍人も必要に応じて探索をするからな」

　けど、兄からはそういう話は聞いたことありまへん。

　そう言いかけたのを、巴はぐっと呑み込んだ。軍人が己の職務について、親兄弟に全てを話すはずがない。国防を担っているからには機密事項もあるだろう。

　気を取り直した巴は、真面目に尋ねた。

「幽霊の噂は、軍とは関係ないでしょう」

「あるかもしれないし、ないかもしれない」

「え、関係あるかもしれんのですか」

「だから、あるかもしれないし、ないかもしれないと言っている。どちらかわからないから調べるんだ。もしかしたら、軍にとって有益な何かがわかるかもしれない」

いや、幽霊の噂が軍に有益とかやないやろ。

はぐらかされているような気がして心の内だけで突っ込んだ巴は、とりあえず他に気になっていたことを口にした。

「かつ先生の周りで起きた変事はともかく、私の周りで起こったことをお知らせする必要はあらへんのでは」

「今日のことを考えると、君に起きる変事は長尾家と関連があるかもしれない」

はあ、と応じつつも、巴は眉を寄せた。看過できない変事が起きたら、いっそ警察に知らせた方がいいのではないか。

しかし幽霊絡みの話を、警察がまともに取り合ってくれるとは到底思えない。

もっとも、軍も取り合ってくれないだろう。

にもかかわらず、陸軍中尉の葛目は知らせろと言っている。

葛目さんは、はぐらかしても、嘘はつかはらへん。と思う。

――今のところ、葛目に従うのが最善のようだ。

「承知しました。お知らせに上がります」

「ああ。軍人に呼び止められたら、俺の名を出していいからな。俺の上官は大田原《おおたわら》少佐殿だ。念のために覚えておけ」

はいと頷いた巴に、葛目は軽く息を吐いた。

「本当に幽霊だったかどうかはともかく、君は幽霊が出たと思ったんだろう。それなのに、よく騒がなかったな」

「いえ、騒いでしまいました。葛目さんも私が走ってきたんを見はったでしょう」

相手が何であろうと、取り乱したのは己の失態だ。

うつむいた巴に、葛目は落ち着いた口調で言う。

「走ってきたというか、階段を上がろうとしていたのを見た。かつさんの御子たちの下へ行こうとしていたんだな？」

「はい。万が一、お二人に何かあったらえらいことですよって」

「己だけ逃げ出すこともできたのに、子らを守ろうとしたのだから冷静で豪胆だ。そもそも君は悲鳴をあげていない。泣いてもいなかった。騒いだうちに入らない」

感情のない物言いからは、感心されているのか、それともあきれられているのかわからなくて、はあ、と巴は曖昧な返事をした。

「泣いてまへんけど、悲鳴はあげました」

「俺は外にいたが、聞こえなかったぞ。悲鳴が聞こえていたら急いで駆けつけた」

「キャーとか、あれーとか、そういう高い声やなかったさかい、聞こえんかったんと違いますか」

「他にどんな悲鳴があるんだ」

「うわ、とか、おお、とか」

葛目はゆっくり瞬きをした。ほんのわずかだが口許がぴくりと動く。

──あ、笑われた。

「それは、悲鳴なのか」

尋ねてきた声はいつもより軽い気がした。やはり笑われている。

ムッとする一方で、なんだかやけに恥ずかしい。

「私にとっては悲鳴です。女子《おなご》の悲鳴がキャーだけやと思たら大間違いですよって」

「そうか。肝に銘じておこう」

真面目に答えた葛目に、そうしてくださいと巴は大きく頷いた。

今まで並んで歩いたことがなかったので気付かなかったが、葛目は巴より頭ひとつ分も背が高い。洋袴に包まれた脚も随分長い。

ただでさえ洋装は珍しいのだ。加えて、これほど様になっている男は、大阪広しといえども滅多にいない。通りを行きから若い女性がちらちらと葛目を見ている。

私は、こないな人に抱えられたんか……。

軽々と持ち上げられたことを思い出し、またしても頬が熱くなってきた。

葛目は恐らく、廊下でへたり込まれでもしたら更に騒ぎが大きくなると考え、手っ取り早く運ぶことにしたのだろう。荷物を右から左へ移したのと同じだ。その証に、顔色ひとつ変えなかった。

それやのに私ばっかりこないなことになって。わけがわからん。

なんとか頬が熱いのをごまかしたくて、巴はうつむき加減で口を開いた。

「女学校で幽霊の噂が広がってるん、葛目さんはどない思わはりますか」

「己に関わりがなければ、他人の不幸や不可思議な出来事をおもしろがる人間は少なからずいる。女学生にも、そういう人間は一定数はいるはずだ。だから噂が絶えない」

至極真面目に答えてくれた葛目に、巴は安堵した。

若い娘の噂話など考えるに値しない、と侮らない。そんなくだらないものにかかずらう暇があるのなら、もっと勉学に励めと説教することもない。

「それにしたって、今回は噂されてる期間が長いです」

「君が初めて長尾邸の幽霊の噂を聞いたのはいつだ」

「ええと、二週間くらい前です」

「誰に聞いた」

「級友二人から聞きました。一人は女中が話してたて言うとって、もう一人は叔父さんがうどん屋さんで聞いてきたて言うてました。けどそのときはまだ、学校全体には広まってへんかったと思います」

二週間、と葛目はつぶやいた。

何かを考えるように間を置き、やがてふむと頷く。

「学校で噂が長く続いているのは、巷で噂が広がっているせいだろう。親兄弟や親戚、使用人、出入りの商人、商店や料理屋で働く従業員。あらゆる人が噂し続けるから、いつまでも鮮度が落ちない」

「鮮度、ですか」

またしても意外な言葉を口にした葛目を、巴は仰ぎ見た。

ああと頷いた葛目も、切れ長の鋭い目でこちらを見下ろしてくる。

「噂にも鮮度がある。皆が飽きて消えるか、あるいは新しい噂が出てくることで古い噂は忘れられるか、大抵はどちらかだ。ただし古い噂でも、目新しい尾鰭が付け加えられれば鮮度が上がり、また人の口に上る」

「そんな、野菜とか魚やないんやから……」

腹立ち紛れにつぶやくと、今度こそ本当に葛目は口許だけで笑った。

なぜか急に心臓が跳ねる。

——おお、何やねん。びっくりした。

胸に手を当てると同時に、ぎゅるるるう、と腹が鳴った。咄嗟にもう片方の手で腹を押さえる。

「腹が減ったなら、大丈夫だな」

淡々と言われて、巴は腹を押さえたまま葛目を見上げた。

からかうでもなく、咎めるでもない、まっすぐな視線を向けられる。

「大丈夫とは……」

「食べることができたら、人間何とでもなる」

「はあ、確かに」

母にも言われた。戦場であっても野山であっても、よばれられるおまんまがあるんやったらよばれなはれ。——食べることは生きることだと。

話しているうちに、いつのまにか巴の家の近くまで来ていた。どこからともなく、夕餉《ゆうげ》を煮炊きする香りが漂ってくる。またしても、ぎゅるる、と腹が鳴ってしまった。葛目にも聞こえたはずだが、やはり何も言われない。

そういえば、幽霊騒動のせいでわっふるを食べられなかった。

かつ先生とおうちの方が皆無事でよかったけど、わっふるはちょっと気になる。

「葛目さん」

「なんだ」

「わっふるてご存じですか」

「知らん。何だそれは」

「西洋菓子の名前やと思うんですけど」

　葛目は一瞬、沈黙した。

「その菓子、かつさんに出してもらえるはずだったんだな？」

「え、なんでわかったんですか」

「君の顔に、珍しい西洋菓子が食べられなくて残念、と書いてある」

　淡々と言われて、巴は慌てて己の顔を手で覆った。

「そない面《おもて》に出てましたか。すんまへん、卑しいですね、私」

「いや。楽しみにしていたおやつを食べられなかったのだから、残念に思って当然だ。俺でも好物が食べられなかったらがっかりする」

「けど葛目さんは、残念が顔に出んでしょう」

「まあな。今度その西洋菓子を食べる機会があれば、俺の分も君にやろう」

「え、それは……。嬉しいですけど、葛目さんのお好きな味かもしれませんよ」

「好みだとしても、西洋菓子なら甘いはずだ。きっと全部は食い切れん」

　隣に並んだ広い肩が、軽く竦められる。

　このとき巴は初めて、葛目が足取りを合わせてくれていることに気が付いた。

　葛目の脚は長い。巴と歩幅が同じわけがない。にもかかわらず無理せず連れ立って歩けている。

私がよろよろしてたさかい、気ぃ遣《つこ》てくれてはるんやろか。

もう平気やのに、と思いつつもじわりと胸が熱くなった。

「そしたら、半分ちょうだいします」

「半分？」

「はい。半分やったら、甘《あも》うても召し上がれるやろうし、私も一つと半分、よばれられますよって」

我ながら名案だ、とばかりに頷いてみせると、葛目は瞬きをした。

そしてまた、わずかに目を細めて笑う。

「そうだな。じゃあ半分は俺が食って、半分は君にやろう」

「ありがとうございます」

心が浮き立つのを感じつつ角を曲がると、家の前に父が佇《たたず》んでいるのが見えた。いつもの洗いざらしの着物に下駄《げた》を履いているから、出かけるわけではなさそうだ。近所に用事だろうか。

父上、と声をかけると、父はなぜかぴしりと固まった。

帽子をとった葛目は、その父に向かって会釈する。

父はからくり人形よりもぎこちない動きで頭を下げた。

「父上、ただいま戻りました」

「お、おう、おかえり……」

「こちら、葛目三郎中尉。長尾先生のお屋敷においでになってたさかい、送ってくれはりました」

「陸軍第四師団、司令部付中尉、葛目三郎です。はじめまして」

ただでさえまっすぐに伸びた背を更に伸ばした葛目は、両腕をきっちり脇に置き、再び頭を下げた。

どういうわけか、ううう、と父は低くうなる。

「あー……、その、娘が、世話になりました。わざわざ送っていただいてかたじけない。私、巴の父です。大阪府警察本部刑事課所属の巡査、為岡志郎《しろう》と申します」

「元浪花隊の為岡様ですね。ご高名は聞き及んでおります」

「いやいやいや。私みたいな昼行燈《ひるあんどん》の下っ端に、陸軍将校が何を仰るやら」

はは、と気の抜けた笑い声をたてた父は、右手を頻りに横に振った。

そんな父と葛目を交互に見遣る。

お世辞だろうか。しかし葛目は世辞を言うような人ではない。

「それでは私はこれで。失礼いたします」

「送ってくれはってありがとうございました」

ペコリと頭を下げた巴に、葛目は一瞬視線を投げた。

お約束は守ります、という意味を込めて頷いてみせる。

踵を返した葛目の広い背中を見送っていると、父は門の中へと足を向けた。

「父上、ご近所に用があるんやなかったんですか」

「いや、用はない」

「さいですか？」

うんと応じた父が肩を落としているのを見て首を傾げる。

そしたら、なんで家の前に立ってたんやろ？

父の後を追って玄関へ入ると、父と入れ替わりに、軍服を身に着けた兄が出てきた。

「あれ、兄上。お帰りやったんですか」

「おかえり、巴。今戻るとこや。父上が気落ちしてはったけど、何かあったんか？」

ちらと背後を振り返った兄に、首を横に振る。

「何もありまへん。先前《さいぜん》、うちまで送ってくれはった葛目さんが挨拶しはっただけで」

「ああ、なるほど」

「何がなるほどなんですか」

「巴」

上《あ》がり框《がまち》に腰を下ろして靴を履いた兄は、そのままの体勢で巴を見上げた。

彫りの深い整った顔に浮かんでいるのは、悪戯っぽい表情だ。

「父上の肩を揉んで差し上げろ。そしたら少しは元気にならはる」

「はあ……」

腑に落ちないまま頷く。

父上は肩がこってたから元気がなかったんか？

首を傾げた巴は、軍服の兄を目の前にして、一度は消えた疑問が再び浮かぶのを感じた。

「兄上、軍人さんて職務で探索をしたりするんですか？」

「なんや急に」

「葛目さんが、そういうこともあるて言わはったさかい」

ゆっくりと瞬きをした兄は、ふむ、と頷いた。

「ないこともないだろうが、俺はやったことがないな」

「え、そうなんですか」

「ああ。同じ中尉でも、葛目中尉は師団の頭脳である司令部付だから、役目の種類も異なる。大変なことも多いと思うぞ」

軍の話だからか、大阪言葉ではなく共通語で答えた兄に、へえ、と巴は感心した。

葛目を疑っていたわけではないが、兄が大変と言うからには本当に大変なのだろう。

立ち上がった兄は、にっこり笑って巴の肩を優しく撫《な》でた。

「土産をハナに渡しといたさかい、おやつに食べたらええ」

「え、お土産何ですか？」

「福寿堂《ふくじゅどう》の金鍔《きんつば》や」

おお！　と巴は思わず声をあげた。福寿堂の金鍔は巴の好物だ。

「おおきに、兄上。いただきます。どうぞお気を付けて！」

兄の背中を見送った巴は素早く戸を閉め、台所へと向かった。

わっふるは食べられなかったが、思いがけず金鍔を食べられることになって嬉しい。

父上と一緒に食べよかな。

——そういえば、葛目が父に言っていた、ご高名とはどういうことだろう。

父は東町奉行に仕えていた元同心だ。徳川幕府が倒れた後は、現在の大阪府警察本部の前身である浪花隊の隊員だったと聞いている。もしかしたら幕末から維新にかけて、特別な働きがあったのかもしれない。

父上に聞いてもごまかされる気ぃする。今度、母上か兄上に尋ねてみよう。

大きく息を吐いた巴は、不思議と落ち着いた心持ちになっている己に気付いた。

悪意を持った誰かの正体は？　幽霊は本当にいるのか？

何ひとつ解決していない今、不安や恐怖がないとは言えない。しかし、長尾邸を出たときよりは随分と小さくなっていた。そう、好物の金鍔を楽しみだと思えるくらいには元気が出ている。

葛目さんとしゃべったおかげや。

縦型ピアノの前に腰かけた巴は、脇に立つ音楽の教師を身を硬くして見上げた。

洋装に身を包んだ教師は金髪碧眼《へきがん》だ。外国人の年齢はよくわからないが、若い頃に夫の仕事の都合で三年ほど横浜に滞在していたそうなので、恐らく四十代半ばくらいだろう。女学校の校長の要請で、わざわざ英吉利からやって来たという。

金曜の放課後、ピアノの追試が行われた。信代と絹に、落ち着いて、巴ちゃんやったらできる、と励まされて音楽室に向かった。

「為岡さん」

「は、はい」

「よく稽古しましたね。合格です」

英語訛《なま》りはあるものの流暢《りゅうちょう》な日本語で言われて、巴は思わずため息を落とした。

「ありがとうございます……」

心底安堵して深々と頭を下げる。緊張していたので、かつに言ったように楽しくは弾けなかったものの、本試験のときよりずっと肩の力が抜けていたと思う。

これで落第せずに済んだ。かつのおかげだ。

我知らず、ほー、とまたため息が漏れる。

すると教師は小さく笑った。厳しい指導で知られる彼女は、もっと上手《うま》くピアノを弾ける生徒の前でも滅多に笑わない。

驚いて見上げると、青い瞳がまっすぐに見つめてきた。

「活発なのはあなたの良いところですが、力任せで頑《かたく》なところがありました。それがピアノの音にも出ていた。けれど今日の演奏は、あなたの良さを残したまま、柔らかい音が出ていました。素晴らしい。これからは何事も苦手だと決めつけず、まずはやってみることとです」

はい、と巴は素直に返事をした。ピアノが嫌でたまらなかったとき、この先生西洋の鬼とちゃうか、と失礼なことを思った己を反省する。

椅子から下りた巴は、改めて頭を下げた。

「先生、すんまへんでした」

「わかったのならよろしい。さ、もう帰っていいですよ。さようなら、ご機嫌よう」

さようならと挨拶を返し、音楽室を出る。

次の瞬間、両脇から信代と絹が抱きついてきた。

「よかったな、巴ちゃん！」

「合格おめでとう！」

どうやら心配で様子を見に来てくれたらしい。

巴は思わず笑顔になった。

「ありがとう。これで一緒に進級できる。九月からもよろしい頼むわな」

「こっちこそよろしく！　やー、ほんまによかった」

しみじみと言った信代に、絹は悪戯っぽく笑う。

「信ちゃん、自分が試験受けるわけやないのに、朝からそわそわしてたもんな」

「そう言う絹ちゃんも、今日は珍しい忘れ物してたやろ」

こちらが想像していた以上に気にかけてくれていたとわかって、巴はペコリと頭を下げた。

「二人とも、ありがとう」

「そない改まらんでも。巴ちゃんがおらんとつまらんし」

「そうやで。一緒に二年になれて嬉しい」

温かな気持ちになりながら、三人そろって荷物が置いてある教室へと歩き出す。四月も半ばとなり、開けっ放しの窓から差し込む明るい陽光は春のそれだ。

長尾邸で白い何かを目撃してから五日が経った。今のところ、巴の周りで変事は起こっていない。

日が経つにつれ、白い物はやはり幽霊ではなかったと思うようになった。そもそも、ちらとしか見ていないのだ。幽霊の噂が頭になかったら気にも留めなかっただろう。

「巴ちゃん、無事合格できたことやし、長尾先生のとこへ通うんやめるんか？」

信代の問いに、巴は首を傾げた。

「その辺の話はしてへんよって、まだわからん。けど、とにかくかつ先生に追試に合格したことを報告して、お礼を申し上げげんと」

廊下の先で賑やかにおしゃべりをしていた数人の生徒が、巴たちを認めて話すのをやめた。こそこそと何かを言いかわしたかと思うと、逃げるように教室へ入る。

巴は思わず顔をしかめた。長尾邸の幽霊の噂は、まだ消えていない。従って、その長尾邸に通っている巴の噂も消えない。さすがに祟るとは言われなくなったが、不吉だ、関わると災いが起こる、などと陰口を叩かれているのを知っている。

一部始終を見ていた絹がため息を落とした。

「もうええ加減にしてほしいわ。皆いつになったら目ぇが覚めるんやろ」

「ほんまにな。私ら女学生の中に真に受ける人がおるんはしゃあないけど、大人まで真に受けるんはどうか思うわ」

信代は今にも、ち、と舌打ちしそうな口調で言う。

巴は聡明《そうめい》さを表現したような、信代の富士額を見下ろした。

「真に受けてる大人がおるんか」

「おるらしい。鉱山の技術者が長尾鉱業から他所《よそ》の鉱山へ流れてるそうや。あと、長尾鉱業が売却予定やった鉱山の買い手が見つからんで、値崩れを起こしてるんやて」

「売却て、なんでや。資金繰りに困ってはるんか？」

「いや、主流の鉱山に更に投資するためやろうて父は言うてた。要は、増えすぎた事業の整理やな。そやから売却予定やった山も、当初は買いたい言う人が仰山おったらしい。値段も相応に高かったそうや。けど幽霊の噂が出てから、普通やったら考えられんような安値しかついてへんのやて」

一度言葉を切った信代は、ため息を落として続けた。

「鉱山の仕事は命がけやさかい、案外ゲン担ぎというか、縁起を気にしはることが多いそうや。そんなとこに死を連想させる幽霊の噂が立ったら、不吉な感じするやろ。そんでなかなか買い手がつかんみたい。大阪の経済界でも噂が広まってるらしい」

信代の父は名の知れた実業家である。他の経営者との交流で知った内容だろうから、事実と見ていい。

巴は思い切り顔をしかめた。

絹もきゅっと眉根を寄せる。

「えらい話が大きいなってんのやなあ」

「そやねん。噂話の域を超えてるわ」

けど、と巴は口を挟んだ。

「幽霊はあくまで噂や。誰がいつ見たかはっきりせん。それに、幽霊は長尾家に恨みがあるていうけど、どこの誰が、どういう理由で恨んでるていうこともまちまちやろ。やれ待遇が悪かった鉱山の労働者や、やれ競争に負けた会社の社長やて、いろんな憶測が飛びこうて、確かな話はひとつも出てこん。仮にも鉱山を経営しようっちゅう大人が、そないええ加減な噂を信じて買い控えるてどないやねん」

「もちろん噂を信じてへん人もおるやろうし、様子見の人もおると思う。ただ、鉱山に関わりのある人にしかわからん肌感覚てあると思うねん。その人らは噂を全部は信じひんでも、二割か三割は信じてはるかもしれん」

巴と信代と絹は、そろって渋い顔になった。

元士族の反乱や農民の一揆《いっき》がようやく治まり、平穏に暮らせるようになって十年ほどが経った。今年の二月には大日本帝国憲法が公布され、この国は近代国家の仲間入りを果たそうとしている。それなのに、出所のはっきりしない噂話ひとつに振り回されるとは。

絹は再びため息をついた。

「今もまだときどき、新聞に幽霊とか妖怪が出たていう記事が載ってるやろ。ちょっとずつ口にするんが憚《はばか》られるようになってきたけど、不可思議に対する考えて、江戸の頃とあんまり変わってへんのやと思う。怖いし、できるだけ避けたい。もちろん私も含めてやけど」

絹が言いたいことはよくわかった。長尾邸で見た幽霊は見間違いだったと確信を持っている一方で、本当に幽霊がいたらと思うとぞっとする。そこに理屈はない。ただ恐ろしい。

しかしそれ以上に、人間の悪意の方が怖い。怖いが、こちらは対処の仕様がある。

「父上と母上がどう言わはるかわからんけど、しばらくはかつ先生のとこへ通おうと思う。恩ある方に何かあったら大変や」

きっぱり言い切ると、信代に肩を叩かれた。

「さすが巴ちゃん。けど、充分気ぃ付けてな。噂に惑わされた人が理不尽なこととしてくるかもしれんさかい」

「くれぐれも無茶はせんといてね」

絹も心配顔で言う。

わかった、と巴は二人に向かって大きく頷いてみせた。信頼できる友の理解を得られたことは心強い。

何かあったら、葛目にも知らせようと思う。

葛目と一緒ならきっと、一人ではどうしようもないことも解決できるはずだ。


学校からの帰り道、巴は長尾邸に寄ることにした。ひとまず追試に合格したことを報告しようと思ったのだ。お礼の挨拶は、後日母と共に改めて伺う。

西洋式の大きな門の前には、屈強な男が一人と、下男の万作が門番よろしく立っていた。男の方は初めて見る顔である。物々しい雰囲気だ。

こんにちはと声をかけると、万作がすぐに応じてくれた。

「あれ、いとはん、こんにちは。今日もお稽古だすか？」

「今日はお約束してへんのですけど、かつ先生にお伝えしたいことがあって参りました。急ですんまへんけど、取り次いでもらえますか」

「承知しました。ちぃと待っといとくれやす。いとはんやったら通ってもろてかましまへんけど、一応、どなたが御居《おい》なはったか知らせるように言われてますよって、すんまへん」

「いえ、ご苦労《くろ》はんです。ここで待ってますよって、よろしいお頼申します」

ペコリと頭を下げると、万作は老翁とは思えない素早さで踵を返した。

後には、小山のような大きな男が残される。年は三十代半ばくらいだろう。がっちりとした四角い体を着物に包んでいる。どことなく黒ずんだ顔も四角い。その男がこちらを見下ろした。心なしか体を縮めているのは、巴に威圧感を与えないためだろうか。

「お嬢さん、奥様のお知り合いで？」

「はい。かつ先生にピアノを教えてもろてます」

「そらよろしなあ。わしも奥様に洋琴を聞かせてもろたことがあります。難しいことはようわからんけど、極楽で流れとる音曲みたいやった」

「かつ先生のピアノは美《うつ》やかですよね。初めて聴かしてもろたとき、私も天女が奏でてるんかと思いました」

大きく頷いて同意すると、男は嬉しそうに頬を緩めた。

が、ふいに真顔になって周囲に目を配る。その視線は鋭い。

「わし、長尾社長の鉱山で働かしてもろてるんです。顔役と嫁はんに、奥様と坊ちゃん方を何としてもお守りせえて言われて、大阪へ出てきました。昨日から、同じ山で働いてるもう一人と交替で、ここに立ってます」

「それはご苦労《くろ》はんです。あの、奥様と坊《ぼん》さん方をお守りせんとあかんていうのは、どないなわけですか」

男は四角い顔をしかめ、幾分か声を落とした。

「妙な噂が立って、難儀してはるて聞きました。お屋敷にまで野次馬が来てるて聞いて、おもしろ半分で悪戯でもしよったらえらいことやて心配になって、来さしてもろたんです」

「お山にも、幽霊の噂のことは伝わってるんですか」

巴も声を落として問う。

へえ、と男は仏頂面で頷いた。

「社員さんが話してはるんを聞きました。少ない賃金できつい仕事をさせてるて広まっとるらしいけど、とんでもない。そこらの鉱山より賃金は高いし、無理難題を言われたことなんかいっぺんもありまへん。それどころか、盆暮れには社長さんがわざわざ山へ御居《おい》やして、酒やら米やらの差し入れをして労《ねぎろ》うてくれはります」

噂に対する不満を溜《た》めていたのだろう、男は堰《せき》を切ったように言葉を紡ぐ。どうやら長尾家が貶められているのが我慢できないらしい。

つまり、かつの夫はそれほど慕われているのだ。

「所有してはる鉱山の一部を売りに出してはるて聞きました。それを良う思わん人がいてはったりはしまへんか？」

「他の山のことはようわかりまへん。けど今までの恩を考えたら、社長さんを悪う言うことはでけんはずや。それに社長さんは、信頼でける人に売るて言うておられた。後のことまでちゃんと考えてくれてはったんです。それやのに、あんなひどい噂が立つなんて」

男が拳を握りしめたそのとき、いとはん、と呼ばれた。

万作が屋敷の方から走ってくる。

少しは気持ちが落ち着いたのか、男はばつが悪そうに頭を掻いた。

「すんまへん。お嬢さんには関わりのないことやのに、愚痴を言いました」

「いいえ、私はかつ先生の生徒やから関わりはあります。先生と坊《ぼん》さん方を守ってくれはる方がいて安心しました。もうお一方にも感謝せんと。ありがとうございます」

頭を下げると、いえいえ、もったいないことで、と男は恐縮した。

傍に寄ってきた万作が、巴と男を交互に見て不思議そうな顔をする。

「どないしはったんだっか？」

「立派な用心棒さんがいてくれはって心強いて、お話ししてたんです」

「おお。武芸に秀でたいとはんに褒めてもらえて、よろしおしたなあ！　いとはん、お強いんだっせ！」

万作に背中を叩かれ、男は目を白黒させた。

満更でもない気分で、巴は一応謙遜した。

「そない大したもんやありまへん。かつ先生にお会いできますか？」

「へえ！　一階の応接室へお通しするように言付かりました。さ、参りまひょ」

「あ、万作さんはここにいとくれやす。私は一人で行けますよって。二人で見張っといた方が、不届き者を見つけやすいでしょう」

巴の言葉に、へえ！　と万作は大きく頷いた。この下男も、かつたちを守るために力を注いでいるようだ。

巴は頼もしい二人に見送られ、屋敷へと歩き出した。

鉱山で働いている人らは、幽霊の噂とは関係ないみたいや。

全ての従業員が長尾家を慕っているとは限らない。たとえ厚遇しても、世の中には逆恨みというものもある。

それに、かつの夫はいくつも事業を抱えた経営者だ。巴の親戚には商人がいないので本当のところはわからないが、綺麗《きれい》ごとだけで会社は守れないだろう。もしかしたら、従業員たちが知らない非情な面があるかもしれない。それ故に恨みを買うこともあるのではないか。

しかし、少なくとも鉱夫らは山で仕事をしており、大阪の中心地にいない。根気よく新鮮な噂を流し続けるのは無理だ。

そう考えると、やはり商売敵が悪い噂を流しているのか。

西洋風の意匠が施された豪奢な扉を叩き、屋敷の中へ入る。すると、すっかり顔馴染みになった古参の女中、スエが出迎えてくれた。

早速、玄関にほど近い応接室に案内される。この部屋に入るのは初めてだ。ピアノが置いてある部屋と同じく、舶来物の立派な調度品がそろっていて圧倒される。

スエにじっと見つめられ、巴は首を傾げた。

「あの、何でしょうか」

「いえ、何でも！　お元気そうで良うござりました。じきにかつ様がおいでになりますよって、待っといとくれやす」

「はい、ありとうござります。突然お邪魔してすんまへん」

頭を下げた巴は、今更ながら日曜に経験した不可思議を思い出した。

ピアノの部屋ではなく応接室に案内されたのは、かつの気遣いだと悟る。

むくむくと湧いてきたのは、恐怖ではなく闘志だった。人の悪意は確かに怖い。しかしだからといって、怯《おび》えて縮こまっているだけでは何も解決しない。

帳面や教本が入った風呂敷包みを長椅子に置いた巴は、外の様子を窺おうと窓辺に寄った。西日に照らされた広い庭に人影はない。

今日は万作を含め、用心棒がいるのだ。女中たちの心構えも違う。たとえ御用聞きの小僧でも、容易には入ってこられないだろう。

もし来たら私が捕まえる。

幽霊と見間違えた白い物も、次に見つけたら捕まえる。

一人頷いた巴は、今度は扉に近付いた。耳をすますが、何も聞こえてこない。

そっと扉を開けてみる。

玄関がある方向――玄関を挟んだ先にピアノの部屋がある――を確認した。誰もいない。

思わずほっと息を吐き、反対側を見遣る。やはり人の姿はない。

念のため、巴はもう一度玄関の方に視線をやった。

その瞬間、ひら、と白い物が翻る。

「!」

巴は猛然と部屋を飛び出した。一気に玄関まで駆ける。

玄関の前の広間で足を止めると、階段の途中に女中二人の姿があった。二階へ上がろうとしている。

「あの、すんまへん!」

巴の呼びかけに、二人は振り返った。

上の方にいたふっくりと丸い体つきの女中が目を丸くする。

「あれ、巴様、おいでやす。どないしはったんですか」

「こんにちは、お邪魔してます。お二人以外に誰か、ここにいてはりませんでしたか？」

「ここて、階段ですか？」

「階段もですし、この階段につながる広間もです」

「いえ、誰もいてしまへん。私らだけです。なあ、トミ」

もう一人、階段を上りかけていた若い女中、トミはへえとぎこちなく頷く。

トミは大きな白い布を抱えていた。敷布のようだ。

これを見間違えたんやろか……。

いや、でも、さっき見た白いのは折り畳まれてへんかった。

——まさか、やはり幽霊なのか。

「どうした」

ふいに二階から声が降って来て、巴はハッとした。

姿を現したのは、軍服を身に着けた長身の男——葛目だ。

「葛目さん！」

思わず呼ぶと、切れ長の目が見開かれる。

「なぜここにいる。今日は日曜じゃないぞ」

「あ、はい、ピアノの追試の結果が出たよって、かつ先生にご報告に来ました」

葛目さんこそ、なんで長尾さんのお屋敷にいてはるんや。

今日は平日だ。しかも退勤時間にはまだ早い。

不思議に思いつつも、巴はほっとした。会えて良かった。今し方見たばかりの物について早速話ができる。万が一、相手が本物の幽霊だったとしても、葛目がいてくれれば怖くない。

「お二人とも、お仕事の邪魔してすんまへんでした」

女中らに頭を下げると、いいえとにこやかに応じた年嵩《としかさ》の女中は、トミを連れて階段を上っていった。

反対に、葛目は素早く階段を下りる。巴に歩み寄ると、声を落として尋ねてきた。

「何かあったのか」

「先前《さいぜん》、また白い物を見たような気がしたんです」

「なんだと？　どこで見た」

「この玄関の広間です。けど来てみたら何もなかった。女中さんらがいてはっただけです。他に誰かがここにいてたか聞きましたけど、誰も見てへんて」

巴も声を落として答える。

葛目はぐるりと広間を見回した。

やはり誰もいない。白い物も見えない。

「かつさんに話した方がいいな」

低い声で言われて、え、と思わず声をあげる。

「一度ならまだしも、二度も見たんだ。黙っているわけにはいかんだろう」

「けど、前回も今回も私の見間違いかもしれまへんよって」

「二度とも見間違いだったとしても、何を幽霊と見間違えたのか、正体をはっきりさせた方がいい。白い物の正体が幽霊ではなくて、誰かが意図的にやっているとわかれば、また見方が変わってくる」

「見方、ですか」

「前に話しただろう。君か、長尾家を貶めたい誰かがいて、其奴《そやつ》がまだ幽霊の茶番を続けようとしていることの証左だ」

葛目の言葉にハッとしたそのとき、巴さん、三郎君、と呼ぶ声が上から聞こえてきた。二階の階段の踊り場に、洋装のかつが姿を現す。

「お待たせしてごめんなさいね！　巴さん、試験の結果、どうやった？」

階段を駆け下りてきたかつに問われ、巴は思わず笑顔になった。今日の追試を気にしてくれていたようだ。ペコリと頭を下げる。

「無事合格しました。先生のおかげです。ありがとうございました」

「まあ、そう、よかったねえ！　私は何もしてへん、巴さんが真面目に稽古したさかい合格したんよ！　よう頑張ったねえ！」

かつは巴の両手をとり、それこそ女学生のように何度も上下に振った。

自分のことのように喜んでくれる様に、じんと胸が熱くなる。

——かつ先生を、お守りせんと。

そのためには、ただ成り行きを見守っているだけではだめだ。幽霊の噂そのものを、どうにかしなくては。

意を決した巴は、葛目に視線を向けた。目で頷いてみせる。

考えが伝わったらしく、葛目も小さく頷いてくれた。


「そう、女学校にまで噂が広がってるの……」

巴の正面で、かつはため息を落とした。

かつの隣に腰かけた女中頭のスエが、その背を労わるように撫でる。

巴はかつに話を聞いてほしいと頼んだ。葛目も一緒に頼んでくれたせいか、かつはただ事ではないと悟ったらしい。再び応接室へ通された。

葛目と共に長椅子に腰を下ろした巴は、女学校で広まっている幽霊の噂のことや、そのせいで五日前の日曜、白い物を見て幽霊と勘違いしたこと等、全て話した。

「幽霊の噂のことは、私も知ってる。妙な噂を立てられるんはこれが初めてやないし、そのうち治まるやろて旦那様が仰ったさかい、気にせんようにしてたんやわ。けど、ここ何日かで鉱山の顔役さんが心配して人をよこしてくれはったり、女中の子らが元気をなくしたりして、このままではあかんのとちゃうか思て……」

「女中さんが元気をなくした原因は、噂を聞いたからですか？」

巴の隣に腰かけた葛目が問う。

へえ、と応じたのはかつではなくスエだ。

お茶を淹れてくれたスエを引きとめたのは、かつである。女中たちの最近の様子も知りたかったので、女中頭のスエに話を聞けるのはありがたい。

「何も悪いことしてへんのやさかい、堂々としてなはれて言うたんですけど、中には気ぃの弱い子もおりますよって。心ないこと言われて、外へ使いに出るんが怖なったり、具合が悪なったりしてる子ぉがおります。しかもこう長いと、口さがない連中はますます調子に乗って、あれこれ言うてきますよって」

「なんですか、それは。女中さんらは何もしてへんのにひどい」

巴は思わず憤った。主家について悪い噂を流されているだけでも嫌な気分になるだろうに、自身の悪口まで言われてはたまったものではない。

一刻も早く、噂を止めなくては。

眉間に皺を寄せていると、横顔に葛目の視線を感じた。

何ですか？　と尋ねるかわりに見上げる。すると、何でもない、という風に目をそらされた。

——何やねん。言いたいことがあったら言うたらええやろ。

一方、かつとスエは顔を見合わせた。そしてなぜか二人そろってニッコリと笑みを浮かべる。

「巴さんまで巻き込んでしもて、ごめんなさいね。ただでさえ試験で緊張してたのに、噂のことまで気にさして」

「いえ、そんな、かつ先生のせいやありまへん、悪いのは噂を流した奴ですよって。私の方こそ騒いでしもてすんまへんでした」

巴が謝ると、ふいにぽんとスエが手を打った。

「巴様が見はった白い物、ひょっとしたら兎《うさぎ》かもしれまへん」

ああ！　とかつも声をあげる。

「確かにそうやわ。あの子、またうちの中に連れて来たんかしら」

「兎を飼《こ》うてはるんですか？」

首を傾げた巴に、へえとスエが頷く。

「下の坊《ぼん》さんが白い兎を飼《こ》うてはるんです。裏に兎用の小屋があるんですけど、私らに内緒でお屋敷に連れてきはることがあって」

確かに兎なら、一瞬見たと思っても、すぐに隠れてしまうこともあるだろう。けど、私が見たんは、ふわふわと違《ちご》て、ひらひらしてた気ぃする……。

とはいえ、近くで確かめたわけではないので確信が持てない。

白い物の姿を懸命に思い出していると、コンコンコン、と扉が叩かれた。

びく、と思わず肩が揺れる。

刹那、扉の方に座っていた葛目が、自身が巴の盾になるように体勢を変えた。

——私を庇《かば》おうとしてくれてはる。

もちろんいざとなれば、かつとスヱも守るだろうが、反射的に巴を守ろうとしてくれたのは間違いない。

はい、とかつが返事をした。そろりと扉が開く。

顔を覗かせたのは、以前、自転車に乗る練習をしていたかつの長男だった。

たちまち葛目の体から緊張が解ける。

おお、と巴は心の内だけで声をあげた。正直、守ってもらわなくても平気だ。並の男より強い自覚はある。己の身くらい己で守れる。

余計な世話だと思うのに、なぜか胸の奥がくすぐったい。

「あら、智之、どないしたん。今、ちょっとお客さんがいらしてるんよ」

「お邪魔してすんません。母様、義之が」

かつの長男、智之は自分の後ろに隠れていた、更に小さな男の子を前に押し出した。弟の義之だろう。

ほら、と促すが、義之は黙ってうつむいている。かつによく似た、くりっとした大きな目から、今にも涙があふれ出しそうだ。

分別のある大人のようなため息を落とした智之は、母を見つめた。

「太郎がどっか行ってしもたんやそうです」

「まあ、やっぱり！　そやからお屋敷の中に連れてきたらあかんて、前にも言うたでしょう？　太郎、迷子になって心細うて泣いてるかもしれんえ」

かつの厳しい口調に、ごめんなさいと小さな声で謝った義之は、しくしくと泣き出してしまった。太郎というのは兎の名前らしい。泣くな、泣いても太郎は出てこん、と叱りつつも、智之は弟の頭を撫でてやっている。

おもむろに立ち上がったかつは膝を折り、二人の息子をぎゅっと抱きしめた。

もしかしたら子供たちなりに、屋敷内の不穏な空気に気付いていたのではないか。義之が兎を屋敷に連れ込んだのも、不安を紛らわすためだったのかもしれない。

「よし、私も捜します。白い兎ですよね」

巴は勢いよく立ち上がった。スエも立ち上がる。

「ありがとう、巴さん。ごめんやけど、この部屋を捜してみてくれるやろか」

かつの頼みにはいと応じ、早速長椅子の下を覗き込むと、ふいに袖を引かれた。

振り向いた先に、弟の手を引いた智之が神妙な面持ちで立っている。

「巴御前、お世話かけてすんまへん」

「え？　あ、いえ、大丈夫ですよ。皆で捜したらきっとすぐに見つかりますよって、お二人とも元気出してください」

「はい、ありがとうございます。父様にお聞きした通りや。巴御前は美《うつ》やかで強いだけやのうて、お優しい」

夜空に瞬く星を宿したような瞳で見上げられ、はあと曖昧に頷く。

今の褒め言葉は私のことか？　ていうか、巴御前て？

呆気《あっけ》にとられている巴に一礼した智之は、義之にも礼を言うように促した。義之はまだべそをかいていたものの、あいがとごじゃます、と素直に頭を下げる。よしと頷いた智之は、弟と共に応接室を出て行った。

ぽかんとして二つの小さな背中を見守っていると、西洋式の箪笥《たんす》の裏側を覗いていた葛目が軽く咳払いをした。兄弟に対して何も言わなかったが、兎を捜してくれているようだ。我知らずほっとする。

なんかようわからんけど、私も太郎を捜そう。

気を取り直した巴は、大きな窓にかかっているカーテンの裾をめくってみた。いない。もう片方のカーテンをめくってみても、やはり兎の姿はなかった。太郎、太郎、と必死に呼ぶ義之の声が聞こえてくる。

——長尾家に連なる方は皆、噂をどうすることもできんで苦しんではる。つまり、内に原因があるのではない。問題は外にある。

「葛目さん」

「なんだ」

「私、噂を流した奴を探し出して、とっちめよう思います」

「やめておけ」

間髪を容《い》れずに止められ、巴はムッとした。

「なんでですか。噂を止めるには元を断つしかあらへん」

飾り棚を覗いている葛目に問う。

葛目はこちらに向き直った。切れ長の鋭い目がまっすぐ見下ろしてくる。

「噂がもう、ただの噂ではなくなっているからだ。噂が人心を動かしている。現れては消える幽霊や、迷子になった兎を見つけるのとはわけが違うぞ。危ない目に遭うかもしれない」

「人心を動かしてるからこそ、早《は》よう捕まえんと。放《ほ》っといたら、今度は何を言い出しょるかわからん」

「そうだとしても、君が捕まえる必要はない」

「そしたら誰が捕まえてくれるんですか。幽霊の噂をどうにかしたいていう時点で、警察はきっと相手にしてくれん。軍かて、なんぼ関わりがあるかもしれんかっても、ただの噂にそないに手はかけられんでしょう」

思わず言い返したそのとき、わ、と廊下で声があがった。

「そっちや、そっちに行ったで！」

「坊《ぼん》さん、捕まえとくなはれ！」

バタバタと走り回る音がした後、わ、とまた廊下で歓声があがる。

巴は急いで廊下に出た。ふわふわの白い塊が、義之の腕に抱かれている。

見つかったんや。よかった！

——私も、噂を流した奴を見つけ出す。

口を一文字に引き結ぶと、葛目が横に立った。

「どうしても行くつもりか」

「行きます。心配はご無用です。この前は相手が幽霊かもしれんて思たさかい不覚をとりましたけど、相手が人やったら、己の身ぃは己で守れますよって」

「己の力を過信するな。でないと痛い目を見るぞ」

脅しつけるのではなく、淡々とした口調だった。それだけに凄味がある。

しかし巴は怯《ひる》まなかった。葛目の目をしっかりと見据える。

「そしたら葛目さんは、このまま黙っておとなしいしとけて言うんですか」

束《つか》の間《ま》、真っ向から見つめ合う。

先に目をそらしたのは葛目だった。腰に手をあて、ため息を落とす。

「わかった。ただし俺も同行する。絶対に一人で動くな。君に変事があったら知らせるように言ったが、噂の元を突き止めるために出かけるときも知らせるように」

「えっ、そこまでしてくれはらんでもええですよ。お忙しいやろうし」

「長尾家は俺の遠縁の家だ。俺も気になる」

「けど……」

「俺が休日に何をしようが、俺の勝手だろう」

きっぱり言われて、巴は言葉につまった。

確かに、休日にどうすごそうと葛目の勝手だ。

――ていうか、今日は平日の金曜やのに、なんで長尾さんのお屋敷にいてはるんやろ。

兄が言っていた通り、司令部付の中尉が特別なのは事実だろう。

しかしいったい、どんな職務についているのか。

じっと見上げると、葛目は眉根を寄せた。

「なんだ。不満か」

「不満やないですけど……」

唯一わかるのは、葛目が信じてもいい人だということだ。

明確な根拠はない。今までの葛目の言動を見てきてそう思う。

巴は葛目に向かって頭を下げた。

「そしたら、お頼申します」

うん、と葛目は短く応じた。

「捕まえるのはいいが、探す場所や人にあてはあるのか？」

「とりあえず心斎橋《しんさいばし》へ行ってみよう思います。最近、洋館がいくつも建って人が多いて聞きますよって。それから、櫓町《やぐらまち》辺りにも行ってみます。芝居小屋やらお料理屋さんやらが仰山あるさかい、噂を拾えるかも」

「櫓町辺りへ行くなら講釈場へ行ってみよう。これだけ巷に一気に噂が広がったことを考えると、講談師が読んだのかもしれない」

ああ！　と巴は思わず声をあげた。

なるほど、講談師か。思いつかんかった！

講釈場というのは講談師が講談を読む——釈台《しやくだい》に本を置いて読む場合があるので、

講談を話すことを「読む」という——場所で、いわゆる演芸場のひとつだ。張扇《はりおうぎ》と、小拍子《こびょうし》と呼ばれる四角い木片で釈台を打ちながら、独特の節まわしで読む講談は、江戸の頃には「講釈」と呼ばれていた。父に聞いた話によると、明治のはじめに鑑札制度のお触れが出て、芸人は政府の管理下に置かれることになり、各々の生業を届け出なくてはいけなくなった。その際に「講談」という言葉を使ったことから、講談と呼ばれるようになったという。とはいえ父の世代を含めた上の世代は、今も講釈と呼ぶ人が多い。

講談にはいくつか種類がある。軍記を読む講談をはじめ、人情話や俠客物《きょうかくもの》などの物語を読む講談や、実際に起こった事件や騒動を基に読む講談、更には仏教や神道の説話をわかりやすく読む講談もある。明治となって以降は、雨後の筍《たけのこ》の如く方々で発行された新聞の記事を基にした新聞ネタや、自由民権論などの政治的主張も読まれるようになった。

実際に起こった事件を基にした講談や新聞ネタを聞くことによって、単純に講談が好きな人はもちろん、難しい漢字や文章が読めない人や、文字そのものが読めなくて新聞や雑誌に縁のない人も、世の中で何が起きているのか知ることができる。ちなみに熟練の講談師が「先生」と呼ばれるのは、難しい文体を読みこなせるためだ。

そんなわけで、講談で幽霊の噂を広めることはそう難しくないと思われる。

ただし人気があって、客が大勢入る講談師でないと無理だろうが。

「一人、知ってる講談師がいますよって、その人に尋ねてみます」

「講談師に知り合いがいるのか」

女学生と講談師に接点を見出《みいだ》すのが難しかったのだろう、葛目が眉を上げる。

はい、と巴は頷いた。

「私の知り合いていうより、父の知り合いです」


芝居小屋や料理屋が立ち並ぶ通りは、人で埋め尽くされていた。

右を見ても人、左を見ても人、だ。

四月も後半に入り、カラリと爽やかに晴れた青空の下、着物を身に着けた男女がぞろぞろ歩いている。ごくまれに洋装の男性もいた。

店員が呼び込む声がひっきりなしに聞こえてくる。おいでやす！　どうぞ寄っていっとくなはれ！　あちこちで子供の声もする。お母ちゃん、あれ買《こ》うて！　お父ちゃん、あれ食べたい！　それを窘める声も聞こえる。あんた先前《さいぜん》、飴《あめ》を買《こ》うたげたやないの！　どんだけ食べるねん、おまいは。――それはもう大変な賑わいだ。

明治となって間もない頃、大阪経済は新政府にしばしば御用金を課せられたり、米取引を支えていた大阪蔵屋敷が廃止されたりと、様々な無理難題を押しつけられた。そのため一時は衰退してしまったが、ここ数年で商工業都市の基礎が整い、着実に盛り返している。維新直後は二六万人まで減った人口も、四〇万を超えたと聞いた。

「凄い人ですね」

隣を歩いていた葛目は、ああと頷いた。スラリと伸びた長身は和装に包まれている。紺色の蚊絣《かがすり》の着物に角帯を締め、羽織を身に着けた姿は、役者顔負けの凜々しさだ。が、洋装ではなく着物を着ているせいか、人ごみの中では不思議と目立たない。

妙チキチンな人やな、と改めて思う。目立つのに目立たない。こんな人は見たことがない。

今日の午前中、巴は母と共に改めてかつに礼を言いに行った。ピアノの稽古は、進級する九月まで隔週で続けることになり、まだかつに会えるのだと思うと嬉しかった。かつもニコニコ嬉しそうに笑って、よろしくねと言ってくれた。

午後、葛目は約束の時間の少し前に家まで迎えに来てくれた。父は勤務でいなかったため、母が応対した。母は、娘をお頼申しますと丁寧に頭を下げた。葛目は葛目で、承りましたと淡々と応じた。

そのやりとりを横で見ていた巴はハラハラした。

幽霊の噂を追うことは、父にも母にも話していない。ただ葛目と出かけるとだけ言った。葛目まで巻き込んでしまって、ばれたらきっと叱られる。

幸い、母は何も言わずに送り出してくれた。それどころか、母が若い頃に着ていた物を仕立て直した、晴れ渡った空を思わせるすっきりとした福助色の着物に、色鮮やかな扇が織り出された黒い帯を用意してくれた。髪はいつもの束髪で、「まあがれいと」という形に結っているが、なぜかリボンをつけられた。

今日は遊びに行くのではない。もしかしたら不測の事態に陥るかもしれないので、動きやすい洗いざらしの着物の方がいい。

しかし動きやすい格好をしたいと言ったら、敏い母はきっと不審に思う。だから仕方なく黙っていた。

――動きやすいとか動きにくいとか以前に、派手とちゃうやろか。

普段は臙脂《えんじ》か紺の着物を着ることが多い。目にも鮮やかな福助色はあまり着ない色味なので落ち着かない。まあまあ見違えました！　別嬪《べっぴん》さんでっせ！　とハナは大いに褒めてくれたが、身内贔屓《びいき》もいいところだろう。

「どうした」

葛目が短く尋ねてくる。

巴は人を避けつつ、葛目を見上げた。

「どうした、とは」

「さっきからそわそわしているだろう」

「え、わかりますか」

「わかる。何か気になることでもあるのか？」

「気になるていうか……。着物がいつもと違《ちご》て派手やさかい落ち着かんのです。普段はつけへんリボンまでつけてるし」

葛目はじろっと巴の頭の天辺《てっぺん》から足先までを見た。

「別に、派手じゃないだろう」

「さいですか？　まあ、こない人が多いと誰も私のことなんか見てへんさかい、気にすることあらへんて重々わかってるんですけど、どうもしっくりこんで」

しかめっ面で帯をぽんと叩いたそのとき、醬油が焼けるこうばしい香りが鼻先をかすめた。少し先に団子屋がある。巴も何度か来たことがある店だ。

醬油を塗って焼いたものと、餡でくるんだものが売られている。店内で食べるときは、醬油一本と餡一本にお茶がついてくる。どちらも好物なので嬉しい組み合わせだ。

二月に父と一緒に寄席へ来たときに食べたきりである。三月に入ってからは日曜に必ずピアノの稽古があったので、遊びに来られていない。

「団子、食べて行くか」

ぶっきらぼうに提案され、巴は思わず口許を手で覆った。

どうやら食べたい気持ちが前面に出てしまっていたらしい。

「いえ、今日は遊びに来たわけやないよって」

「店で客同士のやりとりを聞くのも大事だ。手がかりになる話が聞けるかもしれん」

「それはそうですけど……」

「俺がお代を払うから行くぞ」

言うなり、葛目は団子屋に向かって歩き出した。巴も慌てて後を追う。

店内はほぼ満杯だった。親子連れや若い女の客が多い。男女の組み合わせは巴と葛目だけだ。かろうじて空いていた座敷の片隅に並んで座る。

狭《せば》くろしいてすんまへんと謝る店員に軽く頷いた葛目は、早速二人分注文した。

「餡は君にやる」

「え、ご馳走してくれはる上に、また貰《もろ》てよろしいんですか」

「ああ。俺には甘いからな。それにこの前、半分ちょうだいしますと言っただろう」

さらっと言われて、ああ、と巴は頷いた。前にわっふるの話をしたときに、そんなことを言った。覚えていてくれたのか。

「あれはわっふるの話で。あ、そしたら私は醬油味を葛目さんに差し上げます。前に差し上げたお煎餅、気に入ってくれはったてかつ先生にお聞きしました。醬油味、お好きなんですよね」

「ああ、あの煎餅は旨かった。しかし君、醬油味も好物だろう」

「え、なんでわかったんですか。あ、かつ先生に聞かはったんですか？」

「いや、特に聞いていないが、君を見ていればわかる」

焦って再び口許を手で覆うと、ふ、と葛目は頰を緩めた。初めて会った頃だったら気付かないほどの微《かす》かな笑みだ。

「いいから、醬油味も食べろ」

「……そしたら、お言葉に甘えていただきます」

嬉しいけれど面映いような、なんとも言えない心持ちで巴は頷いた。胸の奥がやけにこそばゆい。

――いかん。餡の串団子が二本食べられるからって、浮かれてる場合やない。

周囲の客の会話を聞かなくては。

先ほど見たばかりの芝居の話、写真館で撮ってもらった写真の話、この先にある料理屋で食べたすき焼きが美味しかった話、新しく仕立ててもらった着物と帯の話。

休日の昼間の団子屋、しかも女性客が多いせいか、明るい話題ばかりだ。

夜に酒を出すような店の方が、幽霊の噂は話しやすいのかもしれない。

「お待ち遠《どお》さんでした！」

串団子と茶が運ばれてきた。醬油が少し焦げてこうばしい香りを放っている団子も、こし餡がたっぷり塗られた団子も、美味しそうだ。

おお……、と思わず声を漏らすと、葛目はやおら餡の団子を巴の皿に移した。

「おおきにありがとうございます」

「うん」

「そしたら早速いただきます」

手を合わせて頭を下げた巴は、葛目にもらった餡の串団子から手をつけた。

ひとつの団子をぱくりと一口で頬張る。ねっとりしたこし餡の甘さがちょうどいい。中の団子も仄《ほの》かに甘い。もちもちとしている。それでいてべたつかず、喉ごしは滑らかだ。

「美味しいです」

じっとこちらを見ていた葛目に、大きく頷いてみせる。

そうか、と短く応じた葛目は醬油味の団子を食べた。

「旨い」

「よかった」

美味しい団子を葛目と一緒に食べていることが、妙に嬉しくて頰が緩む。

あっという間に餡の串団子を食べ終え、醬油味の団子の串を手にとったそのとき、巴ちゃん？　とわずかにしゃがれた、しかしよく通る声で呼ばれた。店に入ってきた若い男が、驚いたようにこちらを見つめている。

軽く会釈すると、着物に袴という格好をした男は一目散に寄ってきた。すぐ傍の上がり框に腰を下ろし、こちらに身を乗り出す。

「えらい久しぶりやな！　二月《ふたつき》、や、三月《みつき》ぶりか。達者やったか？」

「はい。綾之助《あやのすけ》さんもお元気そうで」

「わしは元気やで！　それにしても巴ちゃん、今日はえらいおやつししてるなあ！　そのお召し物、よう似合てるで。いつものんもええけど、そういう明るい色もごっつい似合う。ちぃと見ん間に輪ぁかけて別嬪《べっぴん》になっとってびっくりしたわ！」

男は目尻に皺を寄せて笑いかけてきた。講談師だけあってよくしゃべる。そして口がうまい。つるつると世辞やおべっかが出てくる。顔を合わせる度にこの調子なので、もう慣れた。

この男が父の知り合いで、その縁で巴とも知り合いの講談師、美根川《みねかわ》綾之助だ。年は恐らく二十歳くらいだろう。特別男前というわけではないが、垂れた眦《まなじり》と太い眉が愛敬を生んでおり、一度見たら忘れられない風貌だ。

近くにいた二人連れの若い女性客が、綾之助はんや、やっぱりええ男やわあ、と囁《ささや》き合うのが聞こえた。美根川一門が主に高座に上がる講釈場では、綾之助の師匠である美根川甚兵衛《じんべえ》の意向により、父曰《いわ》く「年端のいかんチビスケやら若い娘さんやらにはあんまり聞かせとうない話」は避けられている。特に昼席では、女子供にも聞きやすい講談が読まれているという。そのため、女性の人気が高い。

もちろん女だけでなく、男の客も綾之助をちらちらと見ていた。最近人気が出てきていると父が言っていたのは本当らしい。

おいでやす！　と笑顔で寄ってきた店員に串団子を注文した綾之助は、上がり框に腰かけたまま尋ねた。

「珍しい、今日は為岡はんは一緒やないんか？」

為岡はん、とは父のことである。この界隈《かいわい》の寄席や講釈場へ来るときは、大抵父と一緒だ。

はいと頷いた巴は、隣に座った葛目を見上げた。

「講談師の美根川綾之助さんです」

手で綾之助を示すと、葛目は軽く会釈した。

綾之助は笑みを浮かべたまま、どうも、と返す。

「美根川綾之助と申します。どうぞご贔屓に。巴ちゃん、こちらは？」

「葛目さんです」

葛目の身分を明かしていいかわからなくて簡潔に答えると、綾之助はぴくりと濃い眉を動かした。

「葛目さんは何をしておいなはる方でっか。腕節《うでぼし》が強そうやし、為岡はんと同じお仕事とか？」

「いや。俺は陸軍で働いている」

葛目は淡々と答えた。階級や部隊名を言わなくて正解だったらしい。

瞬きをした綾之助は、怪しむように眉根を寄せる。

「軍人さんが、なんで巴ちゃんと一緒に団子を食べてはるんでっか」

「綾之助さん、これには拠《よんどころ》無《な》い事情がありまして」

「拠無い事情」

「さいです。これから綾之助さんに話を聞きに行くつもりでした」

「え、そうなんか？　わしに話て何？」

綾之助はぐいと上半身を乗り出して尋ねてくる。

咄嗟に隣を見ると、葛目は小さく首を横に振った。

頷いて、再び綾之助に向き直る。

「ここではちょっと」

一連のやりとりを見ていた綾之助は、またぴくりと眉を動かした。

「わしに話を聞きたいんは巴ちゃんか？　それとも葛目さんでっか」

私です、と答えた声に、俺だ、という葛目の声が重なった。思わず二人で顔を見合わせる。

綾之助の眉が、またしてもぴくぴくと動いた。かと思うとやけに明るい口調で言う。

「まあどっちゃでもよろしわ。団子食い終わったら、講釈場の楽屋へ行きまひょか」

「お手間とらしてすんまへん。お頼申します」

頭を下げた巴は、一度は皿に置いた醬油味の串団子を手にとった。

綾之助の前にも、団子二本と茶が運ばれてくる。

醬油味の団子をぱくりと一口で食べる。少し冷めてしまったが、こちらも旨い。

綾之助は同じく醬油味の団子を齧りつつ笑った。

「相変わらず豪快な食べっぷりやなあ」

「さいですか？」

「見とって気持ちええ。巴ちゃん、前からここの団子好きやもんな」

「はい。今日は寄るつもりはなかったんやけど、葛目さんが食べようて言うてくれはったさかい、こないしてよばれてます」

巴はまた一つ、ぱくりと団子を頰張った。

綾之助は、へー、と抑揚のない相づちを打つ。

「団子くらいいつでもわしが奢《おご》ったるさかい、遠慮せんと言うてや。そや、今度来たとき、最近でけた善哉《ぜんざい》屋に行ってみぃひんか？　大きい餅が二つ入ってる上に、その餅も上等なんを使てて、めちゃめちゃ旨いて評判やねん」

　上等な大きい餅二つ……。

　大いに興味を引かれたものの、巴は首を横に振った。

「講談師の先生に奢らせたら、父に叱られます」

「為岡はんが巴ちゃんを叱らはるわけないやろ。娘に弱いんは男親の常や」

「確かに父は私に甘い思いますけど、それとこれとは話が別でしょう。芸で身ぃを立ててはる方には、楽しませてもろた客がご馳走するんが筋やて言われてますよって」

「為岡はん、余計なことを……」

　何が余計なことかわからず、首を傾げる。

　綾之助はごまかすように、へへへと笑った。

　ずっと黙っていた葛目が、声を出さずに笑う気配がする。

　葛目を振り向くと、ちょうど湯呑みを口に運ぶところだった。その口許はやはりわずかに緩んでいる。

　何ですか？　と目で尋ねたが、葛目はふいと視線をそらした。

　なんだかよくわからないが、怒ったり苛立ったりしているわけではないらしい。

　ともあれ綾之助と会えてよかった。

　幽霊の噂について、何か聞けるといいのだが。

講釈場は、賑やかな表通りから少し路地に入ったところにあった。こちらも休日とあって、大勢の人であふれ返っている。楽屋にいても講談師がうなる声や、革の張扇と小拍子で釈台を叩く、パンパンパチパチ！　という小気味よい音が聞こえてきた。維新後、講談師の中には洋服を身に着け、演説よろしくテーブルを前にして読む者が出てきた。それはそれで目新しくておもしろく、実際人気もあるが、この講釈場では昔ながらのやり方をしている。

「ああ、あの幽霊講談な」

巴が長尾邸の幽霊の噂について尋ねると、綾之助は珍しく渋い顔になった。

楽屋は四畳半ほどで、たくさんの本や新聞、書付が散乱している。綾之助はそれらを脇に避け、巴と葛目が座る場所を確保してくれた。

「それ最初に読んだん、たぶんわしの兄弟子の美根川甚千《じんせん》や」

「え、ほんまに？」

巴は思わず身を乗り出した。

正面に座った綾之助は、苦虫を嚙み潰したような顔のままうんと頷く。

「確か三月《みつき》くらい前やったと思う。ただ、長尾さんのお名前は出さんと長岡に変えてはった。あくまで創作ていうことにしたかったんやと思う。けど講談を聞いたら、一発で長尾家の話やてわかる内容やった。もともと誰もが知ってるような丸持ちには噂話が付きもんや。丸持ちに狐狸《こり》やら幽霊やらが絡む講談はウケがええよって、そない珍しいない。客の方も眉唾物やてわかっとって聞きにきてる人が大半やしな」

丸持ちというのは、金持ちという意味の大阪言葉である。

「そやさかい最初は皆、ただおもしろがってただけやった。唯一うちの師匠……、美根川甚兵衛だけは、あんまり際物やとお縄になるかもしれんよって、ほどほどにしとけて忠告してはった。実際、師匠が若い頃、まだ徳川の治世やったときには、打ち首やら島流しやらになった講談師がおったらしい」

「打ち首……」

悪質な噂の元になるような講談はすべきではないと思う。人心を不安に陥れ、延《ひ》いては世を乱す原因になりかねない。

しかし、命までとられるとは。

日々平穏に暮らしていると、江戸の頃は遠くに感じられるが、明治となってまだ二十年ほどしか経っていないのだ。しかも幕府が倒れた後の約十年は、日本中で戦が勃発しており、世情も不安定だった。綾之助の師匠を含め、その動乱の時代を生き抜いた人々が、この明治の世には大勢暮らしている。

「つまり、客も長尾邸に幽霊が出るというのは作り話だとわかっていたんだな。それなのに、どうして実《まこと》しやかに広がることになったんだ」

淡々と尋ねたのは、巴の隣で胡坐《あぐら》をかいている葛目だ。

綾之助は短く刈った頭を掻く。

「甚千兄さんは、お客さんの心を引き込むんが上手い人やった。それもあって、長岡邸、つまり長尾邸の幽霊の講談はウケがよかったんです。そんな兄さんの講談を見た他の講談師が、自分流に脚色して読み始めたんですわ。ぶっちゃけて言いますと、便乗したんですな。まあ、別に珍しいことやあらへん。講談にも流行りっちゅうもんがありますし、それ目当てに聞きに来てくれはるお客さんも大勢おられますよって」

初めて聞く講談の裏話に、巴は感心した。兄弟子に負けず劣らず、綾之助の話はわかりやすくて引き込まれる。父が贔屓にするのも納得だ。

綾之助は辺りを憚るように声を落とした。

「しかしそうなると、こんだけ仰山の講談師が読んでるんやからっちゅう理由で、講談をほんまのことやと信じる人が出てくる。その話を講談を聞いたことがない人にも話す。その人がまた別の人に話す。何人もの間を伝わった講談は、もう講談やない。真実味のある噂話になっとる」

新鮮な噂が流れ続けたのは、大勢の講談師が思い思いの「長岡邸の幽霊」を読んだせいだったのだ。

「綾之助さんも幽霊講談、読まはったんですか？」

恐る恐る尋ねると、いや、と綾之助は首を横に振った。

「わしは今回の幽霊講談だけやのうて、近々《きんきん》に起こった事件やら騒動やらを読むんは苦手なんや。実際に起こったことでも、赤穂浪士《あこうろうし》みたいな昔の話やったら読むけどな。いっつもだいたい、軍談か世話物を読んでる」

そういえば、前に綾之助の高座を見たとき、赤穂浪士の講談を読んでいた。若い講談師だと読み方に勢いがありすぎてうるさいと感じることがあるが、綾之助のわずかに苦みが滲む声は、適度に力が抜けていて聞きやすかった。父も巴ものめり込んで聞いた。

講談師も商売だ。客が求める講談を読むことは間違っていない。

しかし綾之助が幽霊講談を読んでいないとわかって、なんとなくほっとする。

一方の葛目は、整った顔をしかめた。

「甚千は今、どこにいる」

「それが、十日ほど前から姿を見まへん」

やはり声を潜めて言われ、え、と巴は思わず声をあげた。

葛目もわずかに眉を上げる。

本当だ、というように綾之助は頷いてみせた。

「昨日、師匠に言われて兄さんの家へ様子見に行ってみたけど、留守でした。馴染みの女のとこにも、よう出入りしてはったと……場所にもいてはらへん」

ちらと巴を見た綾之助は言葉を濁した。

と、て何や。甚千さんが出入りしてはった場所てどこや？

「女は行き先を聞いていないのか」

「へえ。逆に、どこにおるか知ってるんやったら教《おせ》てくれて縋《すが》られました。あの様子やと、何の連絡もよこさんと突然姿を消したみたいですな。兄さんの居所を知っとって、黙っとるようには見えんかった」

「甚千が出入りしていたところの者は、何か知っているようだったか？」

「いえ。こっちも逆に、どこへ行ったかわかったら教《おせ》てくれて頼まれました。兄さんが金を借りたままになっとるさかい、気になるんでしょう」

そやから出入りしとったとこて、どこやねん。

巴が口を開きかけるのを遮るように再び葛目が問う。

「甚千の居場所がわからなくなるのは、よくあることなのか」

「いえ。わしの知る限りでは、今回が初めてです」

腕を組んだ葛目は、短くうなった。改めて綾之助を見遣る。

「君自身は、甚千の行き先に心当たりはあるか？」

「ありまへん。あったら捜しに行ってますがな。同じ美根川一門やいうだけで、一緒に住み込みの修業時代をすごしたわけやないよって、正直甚千兄さんがどないな人なんかようわからんのです。ば……、賭け事が好きなんは皆知ってました。あと、カッとなりやすい人で、何回か怒鳴られたことはありましたね。まあ、わしが弟子で年も若いさかい、ぞんざいに扱われてただけかもしらんけど」

「甚兵衛先生に甚千の行方はわからないと伝えたんだろう。何か仰っていたか」

「いえ。何も言わはりまへんでした。面倒かけてすまんかったなて、わしに謝ってくれはっただけです」

綾之助の師匠の甚兵衛は、甚千の行方に心当たりがあるのだろうか。

ともあれ、綾之助よりは甚千について知っているのは間違いない。会って話を聞いてみる価値はありそうだ。

――そんでたぶん、甚千さんが出入りしてはった場所がどこなんかは、私は聞かん方がええみたいや。

葛目はもちろん、綾之助も巴を適当にあしらったことは一度もない。綾之助が言葉を濁したのも、葛目が質問させてくれなかったのも、恐らく二人の配慮だろう。

ふいに舞台の方で拍手と歓声が沸いたのが聞こえた。

楽屋に入ってきたのは灰色の髪の男——綾之助の師匠、美根川甚兵衛だ。額に浮いた汗を手拭いで拭っている。年は恐らく父より少し下、五十歳前後だろう。がっしりとした体を海老茶《えびちゃ》色の着物と袴に包んでいる。

綾之助がサッと立ち上がり、脇へ退いた。

「師匠、お疲れさんでございます」

「おう。なんや、お客さんか」

甚兵衛に視線を向けられ、巴は三つ指をついた。

「お邪魔してすんまへん。為岡巴と申します」

「おお、為岡はんとこのお嬢さんでっか。ちぃと見ん間に娘さんらしいならはりましたなあ」

甚兵衛は大らかに笑った。

すぐに為岡の娘だと言い当てられて驚く。父は案外と有名らしい。そして巴自身には覚えがないが、巴のことも知っているようだ。もしかしたら、もっと幼い頃に父に連れられて来たときに会っているのかもしれない。

葛目も丁寧に頭を下げた。

「葛目三郎と申します。先生にお尋ねしたいことがあって、お邪魔いたしました」

「尋ねたいこと？　何やろか」

葛目と巴も綾之助に倣って脇へ退いた。

すんまへんな、と手刀を切り、甚兵衛は綾之助が用意した座布団に腰を下ろす。

「甚千さんの行方についてです。今、甚千さんがどこにおられるかお心当たりはありますか」

単刀直入に聞いた葛目を、甚兵衛はじっと見つめた。達磨《だるま》を思わせるぎょろりとした大きな目には、全てを見透かす神通力が宿っているかのようだ。葛目と視線を合わせたまま静かに問う。

「甚千が、何か仕出かしましたか」

「いいえ、今のところはまだ。お聞きしたいことがあるだけです」

葛目は微塵も動じずに答える。

今のところはまだ、という言葉に、綾之助は眉を寄せた。

一方、甚兵衛はふむと頷く。

「悪い噂で世を乱した咎で、甚千にお縄をかけに来はったんやないんですか」

「私には逮捕する権限がありません」

「邏卒《らそつ》ではない。そしたら軍人さんですか」

はい、と葛目は短く応じた。邏卒とは巡査の古い呼び名だ。

職務で調べているのではないと言った方がいいのではと思ったが、口には出さなかった。恐らく甚兵衛にとっては、軍人が調べている時点で公事だろうが私事だろうが関係ない。そもそも葛目自身、軍人であることを公にして話を聞いているのだ。職務とは関係ないと言ったところで、額面通りに受け取られないことは承知の上だろう。

甚兵衛は長いため息を落とした。

「わしに心当たりはござりまへん。甚千は己を強う見せたいとこがあったさかい、それを悪党に利用されたんかもしれまへんな」

「甚千さんは弱い人だったのですね」

「なぜそうお思いになる？」

「まったく強い人は、強く見せる必要がない」

葛目の言葉に、甚兵衛は小さく笑った。そして再びため息をつく。

「仰る通りですな。甚千は強い人間やなかった。弟子や言うても独り立ちして長い、一人前の講釈師や。年も四十近い。際物はほどほどにしとけて注意はしましたけど、あれをやるな、これをやるないちいち口を出すわけにはいかん。今もその考えは変わりまへん。けど、口を出さんかった結果がこの有様や。もうちぃと強う言うたらよかったとも思います」

苦い口調に、甚兵衛も悔いているのがわかる。長尾家の人々とは意味は異なるが、ここにも幽霊の噂に心を痛めている人がいる。

あの、と巴は遠慮しつつも口を挟んだ。

甚兵衛、綾之助、そして葛目の視線も集まってくる。

わずかに怯んだものの、巴はまっすぐに甚兵衛を見つめた。

「甚千さんは、長尾家の方々と関わりがあったんでしょうか」

「そういう話は聞いたことあれへんな」

「長尾家のどなたかに、恨みつらみがあるわけではなかったと」

「わしが知る限りでは、そうやった」

丁寧に答えてくれる甚兵衛に勇気を得て、巴は疑問を口に出した。

「そしたら、なんで甚千さんは講談を読むのに長尾家を選んだんでしょうか。大阪の丸持ちは長尾さんだけやない。同じくらい裕福な富豪もいてるのに、なんで長尾家やったんか。たまたまやったんかもしれんけど、私は長尾家を標的にしたんが許せんし、なんで長尾家やったんかも、やっぱり気になる。そもそも、甚千さん本人が選んだんか。それとも、誰かに選ばされたんか」

浮かんできた考えをそのまま言葉にすると、しん、と楽屋が静かになった。

葛目はいつも通りの仏頂面だが、綾之助は目を丸くしている。甚兵衛も驚いているようだ。

――私、何か変なこと言うた？

きょとんとすると、甚兵衛が優しく微笑んだ。

「巴さんは、長尾家の奥様にピアノを教えてもろてます」

「はい。長尾家の方と関わりがおありで？」

「ピアノいうと洋琴ですな。西洋音楽がお好きなんですか」

「いいえ。女学校でピアノの授業があるんですけど、恥ずかしながら落第点をつけられてしまいまして。追試に合格せんと進級でききんので、教えを請うことになりました」

正直に答えると、ふは、と綾之助が笑った。

「そこまでぶっちゃけんでもええのに」

「そやかてほんまのことやし。私みたいな粗忽者《そこつもの》にも丁寧に根気強ぅ教えてくれはったおかげで、追試に合格できたんです。そないな恩ある奥様が、根も葉もない噂を立てられて困ってはる。お屋敷で働いてる人らも不安がってはります。何とかせんと」

膝の上に置いていた両手をぐっと握りしめる。

その様子を見ていた甚兵衛は、葛目に視線を向けた。

「幽霊の噂のことを調べてはるんは、あんたはんやのうて巴さんですか。巴さんの用心棒、いや、お目付け役ですかな」

葛目は否とも応とも答えず、ただゆっくり瞬きをする。

巴はもやもやとした。腹が立ったわけではない。苛立ったわけでもない。

　葛目さんはどないなつもりかわからんし、実質、お目付け役なんやろうけど、私はこう、もっと、何ていうか……。

　できれば、前後になって駕籠《かご》を運ぶ、二人の担ぎ手のような関わりを持ちたい。私は、私が葛目さんを信じてるように、葛目さんにも私を信じてもらいたい。

　そう思い至ると、急に目が覚めた気分になった。じわりと胸の奥が熱くなる。

「よっしゃ、わかった」

　ふいに甚兵衛が膝を叩いた。

「甚千の居所がわかったら、すぐ巴さんにお知らせします。他にもこの界隈で調べたいことがあったら、綾之助を使《つこ》とくなはれ」

「えっ、わしですか」

　目を丸くした綾之助に、甚兵衛は重々しく頷いた。

「そうや、おまはんや。常日頃、為岡はんに贔屓にしてもろてるんやろ。この機会にちぃとでも恩返しせえ」

「……あ！　へえ、さいですな。承知しました。巴ちゃん、何かあったらわしに言うてや。力になるさかいな！」

　にわかに張り切り出した綾之助に、おおきにありがとうござりますと礼を言う。講釈場は言わずもがな、この辺りの繁華街は綾之助の庭のようなものだ。知り合いも多ないだろうし、このことは父にはどうかご内密にお頼申します。言うたらきっと、余所事《よそごと》に首を突っ込んだらあかんて止められますよって」

「え、為岡はんは巴ちゃんが幽霊の噂の正体を探ってるて知らはらへんのか？」

「はい。最初は私一人で調べるつもりやったんですけど、葛目さんも一緒に来てくれはることになって。おかげで母にも怪しまれんと、ここへ来られました」

ありのまま、本当のことを言っただけだったが、綾之助は眉をぴくりと動かした。

先ほどからずっと黙っている葛目をちらと見遣る。

「あのー、そもそも葛目さんは、巴ちゃんとどないな関係で？」

「俺は長尾家の遠縁にあたる」

葛目は簡潔に答える。

さすがに言葉足らずな気がして、巴は付け足した。

「長尾さんのお屋敷にピアノのお稽古に伺《うかご》うたとき、何回かお会いしたんです」

半眼になった綾之助は、へー、とまたしても抑揚のない相づちを打った。

そんな弟子を見て、甚兵衛はなぜか苦笑している。

葛目はいつも通りの怖い顔だが、機嫌が悪いようには見えない。

なんだか妙な空気だが、なぜそうなったのかわからなくて巴は首を傾げた。

先週、父上が気落ちしはった理由もわからんままやし、私はいろいろ修業が足りん。
これから甚千を捜し出さなくてはいけないのだ。
気を引きしめなくては。

第三章　講談師の行方

薙刀を中段に構えた巴は、正面に相対している師匠を見つめた。

巴よりも随分と背が低い。本来であれば上背があり、手足も長い巴の方が有利である。

しかし背筋がぴんと伸びているせいか、少しも小さく見えなかった。むしろ自分より大きな相手と対峙《たいじ》しているように思える。年は七十近いと聞いているが、巴を見返す目は鷹《たか》のように鋭い。

威圧感に耐えきれず、巴は先に動いた。

面を打つ。が、余裕で受けられてしまう。斜め後方に抜かれた切っ先が、電光石火で脛《すね》に向かってきた。サッと足を引いて間合いをとる。が、素早く距離を詰められた。

薙刀を握る手を締めたわずかの隙に、胴を打たれる――寸前に、ぴたりと刃が止まる。

師匠が纏う空気は張り詰めたままだ。

負けた……！

自然体に戻り、左膝を折って床につける。続けて右膝を床についた。薙刀を体の右側に置き、礼をする。

師匠も無駄のない動きで膝をつき、頭を下げた。

固唾を呑んで見守っていた門下生数人が、一斉にため息を落とす。

日曜の午前、巴は久しぶりに薙刀の道場へ顔を出した。幽霊の噂を広めた甚千を捜すと決めてから、ちょうど一週間。この先、どんな揉めごとに遭遇するかわからない。だから改めて鍛えておかねばと思ったのだ。

以前よりはピアノの稽古も楽しくなってきたが、やはり幼い頃から鍛錬してきた薙刀には敵《かな》わない。他の門下生と共に、基本動作や技の稽古をするのはもちろん、こうして師匠に負けても、心身ともに清々《すがすが》しくなる。

「久しぶりにしては、まずまずやった。ちゃんと鍛錬してましたんやな」

師匠に淡々と言われて、はい、と巴は頷いた。

「雨の日以外は庭で鍛錬しました。女学校の薙刀の授業も、真剣に取り組みました」

「それはええ心がけや。休まず弛《たゆ》まず続けるように」

「はい、ありがとうございました」

もう一度礼をして立ち上がろうとすると、巴、と師匠に呼ばれた。

やはり鷹を思わせる鋭い視線がまっすぐに向けられる。

「浮き足立っても、ろくなことあれへん。落ち着いて、慎重にな」

「――はい。肝に銘じます」

さすがは母の師匠でもある人だ。見抜かれている。

巴が道場の隅に引くと同時に、師匠は居並ぶ門下生たち――女の子ばかりだ――に向き直った。

「そしたら、今日はここまで」

ありがとうございました！　と全員で頭を下げる。

師匠が道場を後にすると、そこは若い娘だ、たちまちおしゃべりに花が咲いた。賑やかなやりとりには加わらず、巴は額に滲んだ汗を懐から取り出した手拭いで拭った。五月を目の前にして、昼間は少し蒸すようになってきたが、今日は朝からカラリとした気持ちの良い気候だ。開け放たれた道場の戸から入ってくる風が快い。

出かけるにはもってこいや。

葛目は生憎、今日は職務があるらしい。巴が居ても立ってもいられなくなっているのを見て取ったのか、一人で捜しに行くなよと釘を刺された。はいと頷いたものの、正直じっとしていられる自信はなかった。甚兵衛からはまだ何の連絡もないが、甚千は今日にも講釈場に戻ってくるかもしれない。

甚千を捜すのではなく、ぶらっと散歩するだけだ。女学生らしく、洋傘や帽子などの西洋の小間物を扱う店を覗きに行くついでに、講釈場の傍を通るくらいならいいだろう。

　そうや、師匠に言われた通り落ち着いて、慎重に行ったら大丈夫。

甚千本人は見つからなくても、甚千の行方を知る人を見つけられたら、葛目は叱りはするだろうが、よくやったと褒めてくれるのではないか。

　いや、別に、葛目さんに褒められんでもええんやけど。

　誰にともなく心の内で言い訳をしつつ薙刀をしまっていると、為岡さん、と声をかけられた。

　歩み寄ってきた細身の女性は、女学校の上級生――否、昨年末、結婚を機に学校をやめたので元上級生である。ちなみに彼女は女学校で薙刀を習ったことがきっかけで入門した。嫁ぎ先が元士族の家だったため、薙刀の稽古をするのは良いことだと言われたらしく、結婚した後も通っている。とはいえ道場では、巴の方が古株だ。

「ちょっとええ？」

「はい。何でしょうか」

「長尾さんのお屋敷でピアノを習《なろ》てるて聞いたんやけど、今もまだ通てる？」

「ああ、はい。来週伺うことになってます」

　頷いてみせると、彼女は安堵したような困ったような、複雑な顔をした。

「あんな、うちで働いてくれてる女中の御子が、乾物屋の小僧になってるねん。うちにも御用聞きに来てくれてたんやけど、十日ほど前から急に顔を見せんようになったんよ。懐こい子ぉで、義母がえらいことかわいがってたし、女中も頻りに心配してたさかい、乾物屋の旦那《だん》さんに様子を尋ねたんや。そしたらヒデちゃん——その御子、ヒデちゃんていうんやけど、長尾さんのお屋敷にも御用聞きに伺《うかご》うてたらしいて」

一度言葉を切った元上級生は、周囲を窺った。

他の人に聞かれたくないのだと察して距離を詰める。

「長尾さんて、長尾鉱業やら長尾紡績やらを経営してはる長尾さんですか？」

「そう、その長尾さん」

頷いた彼女は声を落とした。

「ヒデちゃん、十日ほど前に長尾さんのお屋敷に御用聞きに行ったらしいんや。帰ってきたときから様子がおかしい思てたら、その夜に熱出して寝込んだんやて。幸い熱は二、三日で下がって、今はもうちゃんと働いてるんやけど、幽霊が出るから長尾さんのお屋敷には行きたないて言うてるそうなんやわ」

心配そうな物言いに、え、と巴は思わず声をあげた。

「小僧さん、長尾さんのお屋敷でそれらしい物を見はったんですか？」

「本人はそう言うてる。ひらひらした白い物を見たて」

ふわふわ、ではなく、ひらひら。

――私が見たのと同じや。

眉を寄せた巴をどう思ったのか、彼女は慌てたように続けた。

「長尾さんのお屋敷には、あの、噂があるやろ。怖い怖い思てるさかい、何の変哲もない物を、怖い物に見間違えたんやないかと……。為岡さん、何か心当たりある？」

巴は束の間、逡巡《しゅんじゅん》した。彼女はおもしろ半分で幽霊の噂を持ち出したわけではない。幽霊に怯えている女中の息子を案じているだけだ。

ここは正直に、私も小僧さんと同じ物を見ましたと言うべきか。

しかし、本当に同じ物を見たのか？

ふわふわとひらひら、という曖昧な表現だけでは断定できない。

「小僧さんがそのひらひらした物を見はったんは、昼間ですか」

「うん。御用聞きに行ったんは、日曜の昼すぎやて聞いた。そやから昼間やな。明るいうちに幽霊が出るておかしい思うけど、本人がえらいこと怖がってるよって」

「そのひらひら、何かしゃべったて言うてはりました？」

「え？　や、それは何も言うてへんかったわ。もし声を聞いたんやったら、そのことも話すと思うんやけど……」

声を聞いていないなら、小僧が見た物と巴が見た物は、やはり違うのかもしれない。

　そもそも巴自身も、何かを幽霊と見間違えたかもしれないのだ。その証拠に、屋敷で暮らしているかつやかつの子供たちはもちろん、女中や下男からも幽霊を見たという話は聞かなかった。用心棒としてやってきた鉱山の男も、幽霊の噂に怒っていても、幽霊そのものには言及しなかった。

　幽霊がいるかもしれないと恐れているからこそ、幽霊を見てしまう。

　そういうたら葛目さんは、幽霊がいるとは言わはらへんし、かというて、いてへんとも言わはらへんかったな……。

　いることも、いないことも否定しなかった。やはり妙な人だ。

　今度会《お》うたら、本心ではどう思てはるんか聞いてみよう。

　ともあれ、子供の恐怖心は取り除いてやらねば。

「小僧さんが見はったん、兎かもしれません」

「え、兎？」

「はい。坊《ぼん》さんが白い兎を飼《こ》うてはるんです。普段はお屋敷の外の小屋で飼《こ》うてはるんやけど、ときどき内緒でお屋敷の中に連れて来はるそうで。すばしこいさかい、逃げてしまうこともあるみたいです」

「ああ、なるほど。確かに兎やったら、昼間見てもおかしいないな」

　納得したように頷いた彼女に、巴は胸を張ってみせた。

「万が一、小僧さんが見はったんがほんまもんの幽霊やったとしても、怖ぁて強い女武芸者が追い払うさかい、心配ないて伝えとくなはれ」

元上級生は驚いたように目を丸くした後、ふふ、と柔らかく笑った。

「おおきに。道場で一番強い門下生がそう言うてたて伝えとくわ」

安心した様子の彼女に、巴もほっとした。改めて気合を入れ直す。

子供の思い込みだとしても、幽霊らしき物を見た小僧はさぞ怖かっただろう。

たかが噂に罪のない人が巻き込まれている。

一刻も早く、幽霊の噂を流した甚千を見つけ出さなくては。

一週間ぶりに訪れた櫓町は、雲ひとつない晴天に恵まれ、大勢の人で賑わっていた。

先週は、いつもは着ない色の着物のせいで落ち着かなかったが、今は学校でも着ている着物なので動きやすく、足取りは軽い。

まずはその辺をぶらぶらして、講釈場の近くまで行ってみよう。

歩き出した途端にうどん屋から出汁《だし》の良い香りが漂ってきて、我知らずそちらへ引き寄せられた。腹が減っているわけではないが、美味しそうな匂いには逆らえない。

今日の昼は自分で作った大きな握り飯を食べた。具は梅干し一択だ。

昨日、お弁当を持って行かはるんやったらこさえまっせ、とハナが言ってくれたが断った。幽霊の噂について調べていると話していないので、なんとなく後ろめたい気持ちがあったのだ。

ごめんやけど、ご飯だけ多めに炊いといてくれるやろか。明日は自分でおむすび握って持っていくよって。

巴の言葉に、ハナは目を丸くした。巴様がそないなこと言わはるん初めてですな！　細かい作業が多い裁縫より、包丁を使う炊事の方が得意で、女学校の授業でも調理はそこそこ良い成績がとれている。しかし今まで、母とハナを手伝ったことはあるものの、自ら進んで炊事をしたことはなかった。

私ももうすぐ十七やし、己でできることは己でやらんとな。ハナのお弁当はめっちゃ美味しいて大好きやけど、これから先もずっとハナに作ってもらうわけにはいかんよって。

ふいに思い至ったことをそのまま吐露すると、ハナはなぜかみるみるうちに涙目になった。そして巴の手をひしと握りしめた。そんな、巴様、なんぼなんでもまだ早いでっせ！

——いったい何が早かったんやろ。

美味しいおむすびを握るには、炊事の腕がまだ未熟ということか。もしそうだとしても、叱咤激励《しったげきれい》するならともかく、何も泣かなくてもいいのではないか。

今思い返しても、さっぱり意味がわからない。

「どいたどいたどいた！　危ない、危ないで！」

後ろから怒鳴る声が聞こえてきて振り返る。

自転車に乗った中年の男が、ふらふらと前進していた。かろうじて足は地面についていないが、右に傾いたかと思うと左に傾き、今にも転びそうだ。速度は全く出ていない。通りを行きかう人たちは迷惑そうにしながらも、珍しい自転車を興味津々で眺めている。

たぶん、ていうか、絶対、私の方がうまいこと乗れる。

この場に葛目がいたら、きっと同意してくれるだろう。

しかし、今日は一人だ。

なんだかしょんぼりしてしまったそのとき、今度は前方からよく通る声が聞こえてきた。

「あれ、巴ちゃん！　巴ちゃーん！」

人ごみの向こうから、着物に袴姿の長身の男が手を振っている。綾之助だ。

器用に人を避けて駆けてきた綾之助は、あっという間に巴の下にたどり着いた。

「綾之助さん、こんにちは」

「こんにちは。今日はまた巴ちゃんらしいさっぱりした装いで、ええ感じやなあ。この前のおやつしも美《うつ》やかやったけど、今日のも可愛《かい》らしいてわしは好きや」

相変わらず次から次へと出てくる世辞に感心して、はあ、と間の抜けた返事をする。

すると綾之助は何を思ったのか、きょろきょろと周囲を見まわした。

「巴ちゃん一人か？　怖い顔の将校さんはどないした」

「今日は職務でお忙しいさかい、私一人です」

「そうか。職務は大事やもんな。お勤めご苦労《くろ》はんやなあ」

そう言いながらも、綾之助はニコニコと嬉しそうに笑う。

綾之助さん、葛目さんが苦手なんやろか。

いいいい、しゃべりとむっつりやだから、相性が悪いのかもしれない。

綾之助はふと巴が持っている風呂敷包みに目をとめた。

「なんや重たそうやし、わしが持とか？」

「いえ、そない重ないさかい大事ないです。もともと己でも持ち歩ける重さの物しか入れてまへんよって。おおきに」

本当のことを言っただけだったが、綾之助は二重の目を細めた。

「巴ちゃんのそういうとこ、ええよな」

「そういうとこ？」

「世間のエェシの女子《おなご》とは違うとこ」

　エェシ、とは、良家の分限者、という意味の大阪言葉である。

　巴は首を傾げた。

「そら違いますやろ。私、エェシの女子《おなご》やありまへんよって」

「いやいや、わしから見たら充分エェシの女子《おなご》でっせ」

　楽しげに笑った綾之助は、往来の邪魔にならないよう、巴をうどん屋の軒先へ促した。たちまち出汁の香りが濃くなる。

「ええ匂いやなあ。巴ちゃん、お昼は食べたか？」

「はい、食べました」

「そうか。うどん奢ろう思たのに残念。ここのきつねは旨いで」

「私も前に父上と一緒に食べました。美味しかった」

　昆布出汁のきいた汁が、軟らかいうどんとよく合っていた。細く切った油揚げと葱《ねぎ》がたっぷり載っているのも良かった。あのうどんならきっと、葛目もたくさん食べられるだろう。

　幽霊の件が解決したら、一緒に食べたい。

　そんなことを思っていると、隣に立った綾之助が声を落とした。

「あれから方々で甚千兄さんのこと聞いてみたけど、やっぱり居所はわかれへんかった。今んとこ、懇意にしとった女子《おなご》のとこにも、講釈場にも戻ってきてはらへん」

「そうなんや……」

「けど、ええ知らせもある。幽霊の講談をやる講談師が減ってきた」

「え、ほんまですか？」

「ほんまや。よかったな」

にっこり笑った綾之助に、はい！　と大きく頷く。

このまま噂の鮮度が落ちれば、幽霊のことは早晩忘れられるだろう。

「けど、なんで減ったんでしょうか」

「さすがにネタが出尽くして、お客さんが飽きてきたんやと思う。あと、講談師も飽きてきたんやろ。先頭を切ってた甚千兄さんがおらんようになって、勢いが削《そ》がれたんとちゃうかな」

巴はムッとした。そんないい加減な流行のために、長尾家の人たちは傷ついたのだ。

綾之助、とふいに呼ぶ声が聞こえた。うどん屋から出てきたのは、ずんぐりとした体つきの若い男だ。団子のような丸い鼻に見覚えがある。確か噺家だ。

「こないだ言うてた甚千さんのことやけど……、おっと、邪魔したか。すんまへん」

綾之助の隣にいる巴に気付いた男はばつが悪そうに頭を下げ、そのまま立ち去ろうとする。待て待て、と綾之助は慌てて呼びとめた。

「甚千兄さんがどないしたて？」

「見かけたいう人がおったんや」

ことなげに言われて、巴と綾之助は、えっ、と同時に声をあげた。

綾之助は勢いよく男に向き直る。

「どこの誰が、どこで見かけたんや」

「昨日から京都の噺家さんが風来亭《ふうらいてい》の高座に上がってはるねん。その人が三日ほど前に京都で見かけたて言うてはった」

風来亭とは、落語を中心に、太神楽《だいかぐら》などの色物をやっている常設の寄席の名称だ。演芸好きの間では、おもろい芸を見たかったら風来亭へ行けと言われている。

「京都て、なんでまたそないなとこに」

「わてに聞かれても知らんがな。祇園《ぎおん》の料理屋で芸舞妓《げいまいこ》呼んで、どんちゃん騒ぎしとったそうやで」

「ええ、兄さんいっつも素寒貧《すかんぴん》やのに、どこにそないなお足があったんや。ていうか、祇園で一見の客がそないなことできるんか？」

「普通に考えたら無理やな。たぶん太い客がついとるんやろ」

噺家がいう「太い客」とは、大金を出してくれる客のことだ。

思い当たる人物が浮かばなかったらしく、綾之助が首を傾げたそのとき、なぜか噺家の男はぎょっと目を剝《む》いた。

「京都の噺家さん本人に話聞きたかったら、風来亭に来たらええ。ほなな」

早口で言うと、そそくさと踵を返す。

ふと背後に鋭い気配を感じた巴は、素早く振り返って身構えた。

そこに立っていたのは、軍服を身に着けた葛目だった。

なんや、葛目さんか……。

ひとまずほっとしたものの、腕を組み、こちらを見下ろす端整な面立ちがいつも以上に恐ろしく見えてたじろぐ。

「ここで何をしている。為岡さんと一緒か？」

今まで一度も聞いたことがない低い声で問われて、巴は瞬きをした。

――めっちゃ怒ってはる。

当然だ。一人で動くなと言われていたのだから。

「いえ、父は、ここには来てまへん。私一人です」

「俺は一人で動くなと言ったはずだが」

「はい、でも、あの、居ても立ってもいられんで、すんまへん。けど、こうして綾之助さんについて来てもろてますよって、一人やあらへんので、大事ないです」

ところどころつっかえつつ言い訳をする。

するると葛目は眉間に皺を寄せた。

「綾之助と会う約束をしていたのか？」

「いいえ、先前《さいぜん》偶然会いました」

「会わなかったら、一人で動くつもりだったんだな」

「それは……。ちょっと講釈場の様子を見たら、帰るつもりで……」

殊の外冷たく問い詰められて、巴は口ごもった。

軍帽の鍔が影を創り出し、ただでさえ無愛想な葛目の顔から更に表情を奪っている。

先ほどから恐ろしくて、まともに視線を合わせられない。冷や汗まで滲んでくる。

巴が珍しく畏縮しているのを見てとったらしく、綾之助が助け船を出してくれた。

「わし、今日の高座はもう終わりましてん。そやし巴ちゃんが危ない目に遭わんように、ちゃんと送って行きますよって」

「あの、一人やっても危ない目には遭わんと思います。真っ昼間やし、母に柔術の手解《てほど》きを受けてますよって、素手でもそこら辺の男には負けへんので」

言い訳を重ねると、一瞬、葛目の体から殺気のようなものが発せられた気がした。

鋭い目でじろりとにらみつけられる。

「己の力を過信するなと言っただろう。そもそも相手が男だろうが女だろうが、ピストルを持っていたら生半《なまなか》な武術は役に立たないんだぞ。俺はもともと君が動くのは反対だったんだ。約束を守れないなら、この件から手を引け。首を突っ込むな」

強い口調で矢継ぎ早に言われて、巴は言葉につまった。

軍人に叱られる女学生が珍しいのだろう、通りを行きかう人が何事かとこちらを見ているのがわかる。

葛目は正しい。危険だから首を突っ込むなと言っているだけで、女だから駄目だと決めつけているわけではない。子供だから引っ込んでいろとも言っていない。理が通っている。つまり、一人で行動した巴が悪い。

けど、そこまで言うことないやろ。

不覚にも目の奥がツンと痛んで唇を嚙みしめる。薙刀の稽古がどんなに辛《つら》くても、女のくせに生意気やと近所の悪童に罵られても、泣いたことはなかった。前者は辛くて当たり前だと思ったし、後者は弱味噌《よわみそ》が何かほざいとるとしか思わなかった。

それなのに今、泣きそうだ。

「中尉殿」

遠慮がちに声がかかった。葛目と同じく紺色の軍服を纏った、明らかに葛目より年嵩のがっちりとした体形の男が、少し離れたところに立っている。

葛目はハッとしたように瞬きをした。

「お嬢さんも悪気があったわけやなさそうです。反省してはるみたいやし、その辺にして差し上げてください」

男は厳《いか》つい顔に優しい笑みを浮かべて巴を見た。袖章を見るに、恐らく一等軍曹だ。葛目の部下だろう。

涙がこぼれないように歯を食いしばりつつ、ペコリと頭を下げる。

すると今まで黙っていた綾之助が一歩、前に出た。

「この後すぐ、わしが送っていきますよって」

葛目は何か言いたそうに息を吸い込んだものの、結局は黙ったままだった。

うつむけた額の辺りに視線を感じるが、顔を上げられない。

「――わかった。後は任せる」

抑えた声が耳に届いた。続けて踵を返す靴の音と、刀帯に提げられた軍刀が揺れる音が聞こえる。それらはあっという間に、往来を行きから人々のざわめきに紛れた。

恐る恐る顔を上げると、周囲より頭ひとつ分背の高い葛目の後ろ姿が視界に飛び込んでくる。

ズキ、と胸が痛んだ。こんな痛みは初めてだ。

罪悪感なのか、怒りなのか、悲しみなのか、自分でもよくわからない感情が込み上げきて、またしても目の奥が熱くなる。

「巴ちゃん、大事ないか？」

「……はい。大事ありまへん」

気遣わしげに尋ねてきた綾之助に頷いた巴は、手の甲でぐいと目許《めもと》を擦った。

「綾之助さん、すんまへんでした」

「なんで巴ちゃんが謝るんや」

「私が勝手なことしたさかい、巻き込んでしもて。すんまへん」

頭を下げると、いやいやいや、と綾之助は明るい声を出した。

「全然巻き込まれてへんさかい気にしなや。わしかて巴ちゃんには危ない目に遭《お》うてほしいない。けど、世話になった人を助けたいていう気持ちはようわかる。葛目さんも、何もあない一方的に言いつのらんでもええのにな」

「けど、間違《まちご》うたことは言うてはらへんので」

「そうかもしれんけど、言い方があるやろ。わしやったら、あないにきつい言い方はせん。だいたい、後は任せたてどういうことやねん。本来は自分が任せられた人間やて言いたいんか。腹立つわ」

葛目の冷たい物言いが思い出されて、また胸が痛む。

巴はぎゅっと唇を引き結んだ。

――あかん。めそめそしてる場合やない。今、私がやれることをやらんと。

自分を落ち着けるために、大きく息をする。

「私、今日は帰ります。すんまへんけど、風来亭に出てはる京都の噺家さんに詳しい話を聞いてくれまへんか？」

「お安い御用や。わしも甚千兄さんのことで何かわかったら知らせてくれて、師匠に言われてるさかい、しっかり聞いてくる」

「ありがとうございます。よろしいお頼申します」

「おう、任しとけ！」

綾之助はドンと己の胸を叩いた。が、強く叩きすぎたらしくエッホエッホと噎せる。

剽軽《ひょうきん》な仕種に、巴は思わず笑った。

するとと綾之助もなぜか嬉しそうに笑う。

「さ、そしたらうちまで送るわ。あ、為岡はんに内緒なんやったら、うちの近くまで送って帰るさかい」

「いえ、一人で帰れますよって大丈夫です。綾之助さんは風来亭へ行ってください」

「巴ちゃんを送り届けた後で行きまっさ。任されたからにはちゃんと送っていかんと、中尉殿に怒られるよって。まあでもさっきは、中尉殿が連れの厳つい軍人さんに怒られてはったっぽいけど」

悪戯っぽく言った綾之助に、巴はまた笑ってしまった。

同じくにっこり笑った綾之助と共に歩き出す。

「甚千兄さんのこと、何かわかったらすぐ知らせるさかいな」

「はい、お願いします。すんまへん」

「もうすんまへんは言いっこなしやで。ていうか巴ちゃん、ほんまにその風呂敷包み、わしが持つで」

「いいえ、さっきも言いましたけど、重ないさかい自分で持ちます。気ぃ遣《つこ》てくれはっておおきに」

頭を下げると、はは、と綾之助は太い眉尻を下げて笑った。

「つれないなあ。気ぃ遣《つこ》たわけやないで。ちょっとの間だけでも巴ちゃんの役に立ちたい思ただけや」

「気ぃ遣《つこ》てるやないですか」

「いやいや、わしが持ちたいだけやから」

「はあ……」

意味がわからなくて首を傾げると、綾之助はますます眉尻を下げた。

「そういうとこ、巴ちゃんらしいてええと思うわ」

「さいですか。ありがとうござります」

もともと世辞がうまい男だが、厭《いや》みや揶揄《やゆ》ではなく本心から褒められているのがわかったので、巴はわけがわからないなりに礼を言った。

綾之助が嬉しげに頷くのを見て、少し気持ちが上向いたのを感じる。

今度、葛目さんに会えたら謝ろう。

そもそも葛目は本来、幽霊の噂を自ら探る必要がない人だ。信頼できる人や、調べものを生業にしている玄人に頼めばいい。司令部付の将校ともなれば、それなりに伝手はあるはずだ。

しかし葛目は巴に付き合ってくれている。

謝ったら、また一緒に幽霊の噂について調べてくれるだろうか。

もしかしたら、もう知らん、勝手にしろ、と言われてしまうかもしれない。

自業自得とはいえ、想像しただけで胸が痛んだ。


「巴ちゃん、なんか元気ない？」

絹にそう声をかけられたのは、帰り支度をしていたときだ。

「や、大丈夫やで」

「ほんまに？」

うんと頷いてみせると、ほんまか？　と横から重ねて問われた。

教本を入れた風呂敷包みを持った信代が覗き込んでくる。

「日曜に何かあったんやろ」

「え、なんでわかるんや」

「わかるわ。月曜からずっと元気ないし」

「私、そない元気なかったか」

「なかった。な、絹ちゃん」

真剣な顔で同意を求めた信代に、絹も心配そうに頷く。

葛目に首を突っ込むなと言われてから四日が経った。

巴はもともと表情が豊かなわけではないし、朗らかな性質《たち》でもない。無口ではないものの、よくしゃべる方でもない。表面上はいつも通りを心がけていたから、気持ちが落ちていることを悟られるとは思っていなかった。

さすがに絹ちゃんと信ちゃんにはわかってしもたか……。

「巴ちゃんがそないしょんぼりしてるん初めてやし、気になるわ」

「かつ先生に何かあったんか?」

絹と信代が声をひそめたのは、放課後の教室に半数近い生徒が残っているせいだろう。綾之助は幽霊講談は減ってきたと言っていたが、巷の噂はまだ生きている。級友のうちの何人かが、こちらのやりとりに耳をすましているのは承知の上だ。

「いや、かつ先生はご無事や。例の噂は、今調べてるとこ」

おお、と二人は感心したような声をあげた。

「調べてるんか。凄いな」

「いや、人の手ぇを借りてるし、全然凄いことないねん。日曜に、その手ぇを貸してくれてる人を怒らせてしもてな。あ、私が悪かったさかい怒らはるんは当然なんや。そこは反省してる。ただ、ちゃんと謝れへんまま別れてしもたよって、気になって」

弁解してるみたいやと思いつつ、巴はぼそぼそと言いつのった。

あれ以来、葛目とは顔を合わせていない。もともと週に一度、会えるときもあれば会えないときもあった。だから特別長く離れていたわけではないのに、随分と顔を見ていないような気がする。

信代と絹は顔を見合わせた。

「その相手て、前に言うてた軍人さんか？　確か葛目さんやったっけ」

信代の問いに、うんと頷く。

そうか、と二人は思案顔になった。

「今度の日曜に会えへんの？」

「わからん。会えるかもしらんし、会えんかもしらん」

「そしたら文を書くとか、言伝を頼むとかは？　それやったら日曜までにできるやろ」

――この先、君の身の周りで不審な出来事が起きたら、すぐ俺に知らせてくれ。

――上には話を通しておく。もしいないようだったら言伝を頼む。

葛目の言葉が思い出された。

謝りたいというのは巴の都合であって、変事があったわけではない。わざわざ陸軍の司令部まで行くのは気が引ける。

「どっちも無理やと思う」

「そうなん？　あ、同じ軍人さんやし、お兄さんに言伝を頼んでみたら？」

絹の提案に、うーんと巴はうなった。

兄上に葛目さんへの謝罪の言伝を頼んだら、何があったんやて絶対聞かれる。おまえの我儘《わがまま》で葛目中尉の手を煩わせるなと叱られそうだ。

だからといって、かつに頼むわけにもいかない。

たとえ叱られたとしても、兄を頼るしか方法はないようだ。

「そやな、兄上に言伝を頼んでみる……」

しおしおと答えると、もー、と信代が明るい声をあげる。

「元気出しぃや！　大丈夫やって！」

「そうそう。きっと今度の日曜には会えるて」

一緒に悩んで励ましてくれる友のありがたさをしみじみと感じつつ、三人そろって教室を後にする。

朝は晴れていたのに、空はいつのまにか鈍色《にび》の雲に覆われていた。雨が降り出す前に、早く帰った方がよさそうだ。

信代と絹とは帰り道の方向が逆である。さよなら、ご機嫌よう、元気出すんやで、また明日、と何度も手を振り合って別れた。

絹ちゃんと信ちゃんのおかげで気が晴れた。

ほっと息をついて歩き出すと、道の隅からすんまへんと声をかけられた。

歩み寄ってきたのは、十二、三歳くらいのいがぐり頭の小僧だ。洗いざらしだが、清潔な着物を身に着けている。

「為岡巴さんに、綾之助兄さんから文を預こうて参りました」

「え、あっ、おおきにありがとう。よう私がわかったな」

「前に講釈場で、綾之助兄さんと一緒に御居《おい》やしたとこを見ましたさかい。どうぞ」

巴は小僧が懐から取り出した文を受け取った。風呂敷包みを脇に抱え、その場で中を開く。

「……！」

なかなかの達筆で書かれていたのは、甚千が大阪に戻ってきたという知らせだった。

今度の土曜の午後に、「長岡邸の幽霊」の新しい講談を読むという。ただし、甚兵衛や綾之助が高座に上がっている講釈場ではなく、別の講釈場に出るそうだ。

どうやら甚千は、甚兵衛や綾之助といった美根川一門を避けているらしい。京都から戻ってきた後も、挨拶はなかったという。京都の噺家から聞いた話では、かなり豪遊していたというから、きっと後ろ暗いところがあるのだろう。だから師匠に顔を見せられないのでは、と綾之助は文の中で推し測っていた。

「綾之助兄さんに伝えることはありまっか?」

小僧に問われて、文を熟読していた巴はハッと顔を上げた。

小僧は利発そうな瞳をこちらに向けている。

「ようお礼を言うといてくれますか。助かりましたて伝えとくれやす」

「へえ、承知しました。他には何かありまへんか?」

「他? いや、お礼の他は、特には何もあれへんけど」

きょとんとして首を傾げると、小僧はなぜか子供らしからぬ渋い顔になった。が、すぐに人好きのする笑みを浮かべる。

「さいでっか。ほんならわし帰ります」

「あ、うん。ご苦労《くろ》はんでした。気ぃ付けてお帰りやす」

ペコンと頭を下げた小僧は、素早く踵を返すと一目散に走っていった。

甚千が新しい講談を読もうとしていることを、葛目に伝えなくては。

——けど、これも私自身の変事やない。

葛目に知らせるべきか、否か。どうしよう。

「おお……」

巴は木々の隙間に見え隠れする立派な瓦屋根に視線をやり、感心の声をあげた。

堀の向こう側に佇むその建物は、大日本帝国陸軍第四師団の司令部だ。和歌山城の一部を移築したというから、城といった方がいいかもしれない。

司令部がある場所には、かつて大坂城の本丸があったという。

二十一年前の慶応四年、鳥羽伏見の戦いで敗れた徳川最後の将軍、慶喜《よしのぶ》は数人の重臣のみを伴い、密《ひそ》かに大坂城を抜け出した。残された武士たちは意気消沈し、同じく城を去った。それから三日後、城代すらいなくなった城に長州藩の兵士が入ったものの、その日のうちに焼け落ちてしまったそうだ。わずかに城に残っていた幕臣が火を放ったのではないかと言われているが、定かではない。

そやさかい大坂城はほとんど残ってへんのや、と教えてくれたのは母である。母が生まれてからずっと、当たり前にそこにあった城が燃えるのを見たのだと聞いた。静かな口調だったが、当時の母の気持ちを想像しただけで、胸が押し潰されるような苦しさを覚えた。

もっとも、たとえ焼けずに残ったとしても、全国の城を管轄することになった新政府の陸軍省が「廃城」と判断すれば、結局は破壊されてしまったのだろうが。

司令部が近付くにつれて軍人の姿が目立つようになり、反対に民間人の姿が少なくなっていく。目につくのは陸軍に出入りしている商人くらいか。女学生の巴は明らかに浮いている。

この辺りには陸軍の病院や工廠《こうしょう》――いわゆる軍事工場――、兵営や練兵場など、陸軍関連の施設が集まっている。兄が陸軍将校とはいえ、単純に用事がないので訪れるのは初めてだ。

あと、軍人さんだけやのうて馬も多い。

近辺に陸軍の厩舎《きゅうしゃ》があるからだろう。丁寧に世話されていると一目でわかる、立派な軍馬が行きかっている。ちなみに自転車は一台も見なかった。

葛目はいずれ国産自転車が売り出されるだろうと言っていた。陸軍の中で噂になっていたのだろうか。

いつのまにか葛目のことを考えている己に気付き、巴はコホンと咳払いした。

ここまで足を運んだものの、来て良かったのか判断がつかない。

葛目に甚千のことを知らせようと決めたのは、綾之助から文をもらった翌日――今朝のことだ。正直、行動を起こすのは躊躇した。つい先日の葛目の冷たい物言いを思い出すと、余計に迷った。しかし黙っているのは良くない気がする。

即断即決で生きてきた巴にしては珍しく、ああでもないこうでもないと一晩中考え、最終的に腹を括《くく》った。

必要ない知らせやて思わはったら、捨て置かれてもええやないか。

とにかく伝えようと決心して、女学校の授業が終わるとすぐ陸軍の司令部に足を向けた。

「おい、そこの娘！」

正面から歩いてきた若い軍人二人に、突然声をかけられた。

巴の前まで来て、大声で怒鳴る。

「どこへ行く！　ここは女子供が来てもええ場所やないぞ！」

「神聖な軍隊が穢《けが》れる、早《は》よ帰れ！」

矢鱈と威張る二人に、子供の頃、巴を生意気やと罵った悪童の顔が脳裏に浮かんだ。残念なことに、こういう類の輩《やから》はどこにでもいる。

袖章と軍帽の階級章から、二人が一等兵だとわかった。身のこなしから察するに、兵士としての訓練は受けていても、武術をやっているわけではないのだろう。隙だらけだ。薙刀さえあれば、二人同時に倒せる。

――こんなんが一等兵て、大丈夫か第四師団。

あきれているのが顔に出たのか、あるいは巴が少しも恐れていないとわかったのか、二人は眉を吊《つ》り上げた。

「何や、女のくせにその生意気な態度は！」

「言うことを聞かんと酷《ひど》い目に遭わせるぞ！」

無闇に吠《ほ》える弱い犬を想像していると、何をしている、と鋭い声が飛んできた。男たちの背後から、カッカッカッ、と軽やかな蹄《ひづめ》の音をたてて栗毛《くりげ》の美しい馬が近付いてくる。

馬に跨《またが》っているのは大柄な軍人だった。袖章を見るに、少佐、中佐、大佐のいずれかの佐官である。尉官の葛目や兄より明らかに階級が上だ。年齢も恐らく五歳以上は上だろう。一等兵から見れば、雲の上の人である。

案の定、一等兵二人は慌てて敬礼した。

「この娘が辺りをうろついていましたので不審に思い、出て行くよう注意いたしました！」

「生意気な態度だったので叱っていたところです！」

うわあ、と巴は心の内だけで声をあげた。巴はうろついてなどいない。もちろん許可なく施設に入ろうとしていたわけでもなく、普通に道を歩いていただけだ。しかも巴が悪いことをしていたかのように、叱っていた、ときた。

ほんまに大丈夫か、第四師団。

馬上の男は、兵士らをじろりとにらむ。

「この娘の素性は確かめたのか？」

「え、いえ、た、確かめておりません」

「どこへ何をしに来たか、目的は尋ねたか」

「生意気な娘です、目的など尋ねる必要はないかと！」

狼狽えつつも威勢よく答えた二人に、ふむ、と佐官は頷いた。

「その娘は私の姪《めい》だ」

ええ！　と一等兵二人は同時に大きな声をあげる。

巴も既《すんで》のところで、えっ、と声をあげるところだった。もちろん、馬上の軍人と巴に血縁関係はない。初めて見る顔だ。

「姪御さんとは存じませんで、大変失礼いたしました！」

「どうかお許しください！」

巴に向かって勢いよく頭を下げた二人に、佐官はしれっと続けた。

「と言ったら、貴様ら、どうする」

ええ……、と二人はまた狼狽えた声をあげる。

するとと佐官は馬上から一等兵らを睥睨《へいげい》した。

「不審だと言いながら素性を確かめもせず、目的すら尋ねないのはなぜだ。本当に不審に思ったのなら、私の姪だろうが妹だろうが母だろうが、厳しく問い質《ただ》して然《しか》るべきだろう。しかし貴様らは娘が私の身内だと聞いた途端、コロリと態度を変え、やはり目的を尋ねないまま即座に謝罪した。これを職務怠慢と言わずして何と言う。挙句の果てに若い娘一人を二人がかりで怒鳴りつけ、言うことを聞かんと酷い目に遭わせると脅すなど、言語道断。いやしくも大日本帝国陸軍の兵士が、恥を知れ！」

雷が落ちたかのような強烈な怒声に、一等兵二人は全身を竦める。

呆気にとられていると、佐官は顎を動かした。

「歩兵第八連隊一等兵、坂野《さかの》、同じく一等兵、土橋《つちはし》。尉官に貴様らを鍛え直すよう伝えておく。行け。駆け足！」

二人は敬礼もそこそこに全力で走り出した。

まともな人が上官でよかった。

しかも兵士の名前まで把握している。相当優秀な軍人なのだろう。

ありがとうございました、と改めて礼を言うと、佐官はひらりと身軽に馬を下りた。命じられたわけではないのに、馬はその場を動かない。主を信頼している証だ。

「部下が失礼を働いてすまなかった」

わざわざ軍帽をとって謝罪した佐官に、巴はますます感じ入った。

父と兄は自分が悪いと思ったらすぐ謝るが、そんな男――否、男に限らない、女でも謝れない人はいると経験上、知っている。

「私も黙っててんと説明したらよかったんです。お手を煩わせてすんまへんでした」

「謝ることはない。そもそも奴らは君に弁明の機会を与えなかっただろう。しかし実際、この先には陸軍の施設しかないぞ。どこへ行く」

「第四師団司令部の、葛目三郎中尉にお知らせしたいことがあって参りました」

まっすぐに顔を上げて言う。

葛目のことを知っているのか、佐官は迫力のある三白の目を細めた。

「君の素性は」

「私は歩兵第七旅団付中尉、為岡敬一郎の妹で、為岡巴と申します」

兄上が軍人でよかったと改めて思いつつ、薙刀の試合のときのように姿勢を正して立礼する。この佐官が松島事件で揉めた警察に対してどんな認識を持っているかわからない以上、警察官の娘だとは言わない方がいい。

「話は葛目中尉に聞いている。私は司令部付の少佐、大田原だ。葛目中尉の直属の上官にあたる」

「大田原少佐、初めてお目にかかります」

もう一度頭を下げる。大田原少佐。葛目に聞いていた名前である。偶然に会えて幸運だ。

職務が関係しているかもしれないとはいえ、本当に上官に話を通しておいてくれたとわかって、じわりと胸が熱くなる。

大田原はやはり小娘と侮る様子もなく、巴と正面から向き合った。

「葛目中尉は今、司令部にいない。戻ったら私から伝えておこう。知らせたいこととは何だ」

「甚千さんが戻ってきました。明後日、土曜の午後に新しい話をするそうです。そう伝えていただけますか」

巴自身に変事があったわけではない。余計な知らせかもしれないから、できるだけ簡潔な言葉を選んだ。葛目はきっと巴が言いたいことを汲《く》み取ってくれる。

「それだけでいいのか？　わざわざ陸軍くんだりまで足を運んで、知らせることではないように思うが」

「足を運ぶに値するか、私にはわかりません。葛目中尉がご判断されるかと」

本当のことをそのまま言うと、大田原はなぜか興味深そうにこちらを見下ろした。

「君、年はいくつだ」

唐突な問いに戸惑いつつ、巴は答えた。

「十六です」

「ほう。為岡中尉の妹ということは、為岡志郎殿の息女だな？」

「えっ、あ、はい」

父の名前が出てきて、驚きながらも首を縦に振る。

講談師の美根川甚兵衛が演芸好きの父を知っていたのは、わからないでもない。しかし陸軍少佐まで名を知っているとは驚きだった。葛目が父の経歴を知っていたのも、大田原から聞いていたせいかもしれない。

「なるほど、納得した。増山《ますやま》軍曹！」

ひとつ大きく頷いた大田原は、通りかかった男を呼びとめた。

は！　と応じた一人の軍人がすぐに駆け寄ってくる。がっちりとした体形と厳つい顔つきに見覚えがあった。先週の日曜、葛目と一緒にいた男だ。

男も巴のことを覚えていたらしく、小さく微笑んだ。

「この娘を家まで送っていくように」

「は！　畏《かしこ》まりました！」

「え、送っていただかんでも一人で帰れます」

慌てて断ると、大田原は真面目な顔で言った。

「遠慮は無用だ。随分日が傾いてきた。万が一君に何かあったら、為岡殿と葛目中尉を敵にまわすことになる。ああ、為岡中尉もだな。なかなか恐ろしい男ばかりだから、私にとってはかなりの痛手だ」

巴は瞬きをした。つい先ほど巴を自分の姪だと言ったときのように、からかわれているのか何なのか、よくわからない。

「伝言、確かに承った。増山軍曹、頼んだぞ」

「は！」と増山が敬礼したのに返礼した大田原は、軍帽をかぶってひらりと馬に跨った。間を置かず、手綱を握って走り出す。カッカッカッ、と蹄の音が遠のいていった。

変わったお人やな……。

しかし道理がわかる人だ。大田原のような人が葛目の上官でよかった。葛目の変わった考えも、きっと認めてくれるだろう。

――なんか私、葛目さんの身内みたいになってる。

葛目と知り合って約三ヶ月、様々なことを話して一緒に行動したからだろうか。

この先はもう、一緒にいてくれないかもしれないが。

「さ、お嬢さん、参りましょうか」

「あ、はい。ご面倒おかけしてすんまへん、えっと、増山軍曹。あ、私、為岡巴と申します。よろしいお頼申します」

胸の奥が痛いような、熱いような感覚をごまかす意味も込め、ペコリと頭を下げると、増山も頭を下げた。

「お互いに名乗っておりませんでしたな。私は増山欣二《きんじ》と申します。どうぞお見知りおきを。ところで、少しも面倒やありませんから、お気になさらず。巴様は葛目中尉の大切な方ですから、私にとっても大事です」

　軍人さんやのに、綾之助さんみたいなこと言い出した。

　胡乱《うろん》な目をしたせいか、増山は厳つい顔にはっきりと笑みを浮かべた。

「そのお顔は信じてはりませんな」

「はい」

「正直ですな」

「正直は、私の数少ない取り柄のひとつです」

「数少ないとは思えませんが、確かに正直でいらっしゃる」

　なんだか妙な会話をしながら、増山と並んで歩き出す。

「葛目中尉ですが、この前の日曜、巴様にきついこと言うてしもたて随分後悔してはりました」

「え、後悔してるて葛目さんが言わはったんですか？」

「仰いませんけど、見てたらわかります。中尉殿は私の直属の上官ですよって」

　へえ、と巴は思わず声をあげた。

「ということは、勤務中、一緒におられることが多いんですね」

「さようで。葛目中尉は入営されたときから、如何《いか》なるときも沈着冷静で視野が広く、偏りのないお方でした。その上、座学はもちろん武術も射撃も優秀で、全く隙がない。不肖増山、数々の戦で多くの士官にお仕えしてきましたが、葛目中尉のような方はおられなかった。他の士官にはできないことも、何事にも執着のない中尉殿ならおできになる。大田原少佐をはじめ、上もそのことを理解しておられます。もちろん私も、世の中には若いながら、これほど凄《すさ》まじい方がいてるんかと驚嘆しておりました。そんな中尉殿にも若者らしい一面があることが知れて、なんとなし安堵しています」

「若者らしい一面？」

「中尉殿も、ごく普通の若者やということです」

増山はもっともらしい表情で頷く。

葛目の仏頂面を思い浮かべつつ、はあ、と巴は曖昧な返事をした。

いろいろ、ごく普通とは違うと思うけど……。

葛目が後悔しているという増山の話を、全部は信じられない。増山に気を遣われている可能性が大きい。

しかし、少しは信じてもいいだろうか？

勝手に動いたら、また怒られるかもしれない。怒られるのはかまわないが、見捨てられるのは怖い。

それでも甚千が再び幽霊講談を読むと聞いた以上、じっとしているという選択肢は、巴にはなかった。

「増山軍曹、葛目さんに言伝をお願いできますか」

「はい、承ります。何でしょう」

「明後日の土曜日、うちの女中にお願いして講釈場へついて来てもらいます。とにかく講談を聞くだけ聞いて、その後はどこへも行かず、女中と一緒におとなしく帰ります。そうお伝えください」


土曜日はあっという間にやってきた。

綾之助に教えてもらった講釈場は、芝居小屋や寄席が多い繁華街から少し離れた寂しい場所にあった。普段なら恐らく、あまり客が入らない端席である。

しかし今日は、そこそこ大人数が集まっていた。土曜の午後は諸官庁が休みだ。それに付随して学校や商店も休みのところが多いので、余計に客が増えたらしい。かくいう巴も女学校が午後から休みだからこそ、こうして来ることができた。

講談が始まるまで、まだ時間がある。今日は朝から曇っていて蒸し暑い。講釈場も蒸すので、巴も含めて皆、外に出て涼んでいる。

「ええ、玉製《ぎよくせい》たまご製アイスクリン」

「本家は烏丸《からすま》、枇杷葉湯《びわようとう》」

どこからともなく現れたアイスクリン売りと枇杷葉湯売りに、わっと人々が群がった。少し遅れてやってきた水鈍《すいとん》売りも、たちまち客に囲まれる。周囲にこれといった食べ物の店がないからだろう、次々に売れていく。他に比べて高価なアイスクリンも、順調に売れているようだ。

「はー、旨い。冷やこうて生き返るわ。そんでも長尾邸……、おっと、長岡邸の幽霊の新しい講談て、どないなんやろな」

「もともと幽霊講談をやり出した甚千が、満を持してやる講談や。何か新しいネタが入ったんやろ。お、その水鈍も旨そうやな」

「おう、旨いで。新しいネタて何やろ。甚千の講談、久しぶりやよって楽しみや」

老若男女がアイスクリンや枇杷葉湯、水鈍を口に運びつつ、好奇心を隠しもせずにかわすやりとりが耳に入ってくる。客にとって「幽霊講談」は、あくまで娯楽なのだ。講談がどんな影響を及ぼすかまで考えていない。

無責任なやりとりにムッとしながら、巴は周囲を見回した。

まだ来はらへん……。

捜しているのは葛目の姿だ。

昨日の夕方、増山がわざわざ葛目の返事を届けてくれた。応対に出たハナは軍服姿の増山を見て、すわ兄の身に何かあったのかと慌てたらしい。が、巴様にお会いしたいと言われてきょとんとしていた。前日に送ってもらったときは近隣までで、直接家には来てもらわなかったので、ハナは増山と巴の関わりを知らなかったのだ。

――明日、俺も行く。どこの講釈場か教えてくれ。

返事がほしいのですぐ読んでくださいと言われて開けた手紙には、そう認《したた》めてあった。葛目がまだ一緒に幽霊の正体を探ってくれるのだとわかって、ここ数日の憂鬱が一瞬で吹き飛んだ。

ハナに講釈場の話をする前でよかったと思いつつ、急いで講釈場の住所を書き、増山に託した。喜びが顔に出ていたらしく、ようござりましたなあと声をかけられた。なぜか増山も嬉しそうだった。

ちなみに今日、綾之助は高座があるので行けないと、前に文を持ってきた小僧が伝えてくれた。兄さん、たいそう残念がってはりました。真面目な顔でそう言われて、自分に関わることでもないのに親身になってくれている綾之助に申し訳なく思った。綾之助さんもお忙しいやろうし、そこまで付き合《お》うてもらわんでも大事ありまへんて伝えといとくれやす、と頼むと、小僧はなぜか梅干しを口に含んだような顔になった。

そういえば、綾之助の文を届けてくれたときもやけに渋い顔をした。

あの顔は何やったんやろ……。

人ごみの向こうに頭ひとつ分背の高い男が見えて、あ、と巴は思わず声をあげた。

葛目だ。今日は着流しに鳥打帽という格好である。

葛目も巴に気付いたようだ。こちらに向かってまっすぐ歩いてくる。

来てくれたことに安堵して、胸がじわりと熱くなった。

嬉しい一方で、どぎまぎしてしまう。

「こんにちは」

目を合わせられなくて、巴はすかさずペコリと頭を下げた。

「伝言、感謝する」

低く響く声は、いつも通りに聞こえる。

我知らずほっとしていると、葛目は続けた。

「しかしまさか、大田原少佐に託すとは思わなかった」

「行きがけにお会いして、伝言を預かると仰ったさかいお願いしました」

微妙に目をそらして答える。

「兵士に絡まれたと聞いた。悪かったな」

「絡まれたいうても何かされたわけやないし、葛目さんが謝らはることありまへん」

「しかし何もしていないのに怒鳴られたんだろう」

「そうですけど、別に怖なかったですよって」

「本当か？」

「はい。この人ら隙だらけやなあて、あきれながら見てました」

「そうか。隙だらけだったか」

ふ、と葛目が笑う気配がして、巴は顔を上げた。

思いの外柔らかな眼差《まなざ》しを向けられ、またどぎまぎしてしまう。

「大田原少佐が、冷静で肝の据わった娘だと褒めておられた。男だったら士官学校に入れて、立派な将校に育て上げたのに無念、と嘆いておられたぞ」

「え、ほんまですか。光栄です。ありがとうございます」

素直に嬉しくて礼を言うと、葛目はまた唇の端で笑った。が、すぐに真面目な表情を浮かべる。

「この前は言いすぎた。すまなかった」

いつも通りの淡々とした物言いだったが、仕方なしに、ではなく、真摯に謝ってくれているのがわかる。

「いいえ。私が勝手なことしたんが悪かったんです。一人では動かんてお約束してたのに、すんまへんでした」

深く頭を下げると、葛目が息を吐いた。葛目がここに来てくれたことで、まだ一緒に調べてくれるのだと実感できたが、改めてわだかまりがとけたのを感じる。

巴もほっと息を吐いた。冷たくなっていた指先に、血が通ったような気がする。もともと苦しかったわけではないが、なんだか息がしやすくなった。

——何やろうこれ。不思議や。

「くり返しになるが、これからは一人で探索に行くな。もしどうしても動きたいときは、まずは俺に知らせろ」

「けど、葛目さんもお忙しいやろうし」

「忙しくても何とかする。とにかく俺に言え。遠慮も気遣いも無用だ。いいな?」

「はい。そしたら、遠慮も気遣いもなしでお知らせします」

うんと葛目が頷いたそのとき、ふと視線を感じた。

反射的に辺りを見まわすと、慌てたように人ごみに隠れる女の子が目についた。二重の優しげな目に見覚えがある。

あの子、かつ先生のとこで働いてる女中さんや。

確か名前はトミといった。

葛目もトミに気付いたらしい。おや、という顔をする。

「今日、女中の仕事はお休みなんでしょうか」

「土曜だから、そうかもしれんな」

トミに連れればおらず一人のようだ。

幽霊の新しい講談が気になって、聞きに来たのだろうか。

いや、その前に、今日この講釈場で甚千が講談を読むとなぜわかったのだろう。誰かがわざわざ、嫌がらせや意地悪でトミに知らせたのか？

あるいは、この辺りに知り合いや家族が住んでいるとかで、単なる偶然か。

――もしかして、巴と小僧のヒデ坊が見た白いひらひらを、トミも目にしたのか。

トミに声をかけようと一歩踏み出したそのとき、小屋から和装の男が出てきた。講釈場の席亭のようだ。パンパンパンパンパン！　と大きく手を打ち、さあさあ皆さん！と声を張る。

「お待ち遠《どお》さんでございました！　美根川甚千の幽霊講談、始めさしてもらいます！どうぞ中へ入っとくなはれ！」

周辺にいた人たちが一斉に小屋へ足を向けた。人の波に呑まれ、小柄な女中の姿は完全に見えなくなってしまう。

「行くぞ」

葛目に促され、はいと巴は頷いた。

トミに話を聞くのは後だ。今はひとまず講談に集中しよう。

甚千が高座に姿を現すと、たちまち拍手が沸いた。居こぼれんばかりの客席から、待ってました！　といくつも声がかかる。

初めて見る甚千は、痩せぎすの男だった。姿勢が悪いせいで、せっかくの着物と袴が映えない。背中が弓のように丸くなっている。

釈台の前に座った甚千は、客席に向かって深々と頭を下げた。

なんとなく泥鰌《どじょう》を想像させる面長の顔だ。曇りとはいえ、窓から光が入ってきているのに、顔色が沈んで見える。

甚千は、パパンパチン！　と張扇と小拍子で釈台を叩いた。

「ええ、無沙汰をしておりました、美根川甚千でございます。仰山のお運び、まことにありがとうございます」

ひび割れているのに通りが良い、独特の低い声だ。

「本日は皆様方お待ちかね、あの幽霊の話の続きをお届けしたいと思います」

幽霊講談、待っとったで！　祟りはどないした！　幽霊はどないなったんや！

客席から次々に声がかかり、巴は顔をしかめた。

反対に、甚千は薄笑いする。そして場を仕切り直すように、パン！　と張扇で釈台を強く叩いた。

「長岡家といえば――、そうです、皆さん既に私の講談でご存じの、大阪では知らん者はおらん丸持ちの長岡家です」

長尾の名を、あくまでも口にしないつもりらしい。長岡家だと強調することで、逆に長尾家を思い起こさせる仕組みだ。

「それほどの丸持ちになるには、尋常な手段だけでは無理というもの。そう、絢爛豪《けんらんごう》華《か》なお屋敷は、大勢の人の血と涙の上にできているのでござります。山で命を落とした鉱員の魂が、恨めしい口惜しいと夜な夜な屋敷に現れるようになったことは、皆さん既にご存じの通りで」

まるで同意を促すように、パンパチン！　と張扇と小拍子が叩かれる。

耳を傾けていた客が、各々もっともらしく頷いた。

何を勝手に出鱈目《でたらめ》言うとんねん、と巴は腹の内で毒づいた。

長尾家に幽霊が出るという噂が、いつのまにか周知の事実になっていることに腹が立つ。その目で幽霊を見たのかと、甚千はもちろん客の一人一人を問い詰めたい。

「こちらの幽霊の怨念が呼んだのか、それとも恨みつらみをつのらせたか、なんと今度は女の幽霊が現れた！」

おおー！　と客が歓声のような、驚いたような声をあげる。

巴はといえば、はあ？　と思わず声をあげてしまったが、大勢の声にかき消された。

甚千は体を縮め、声をひそめる。

「これで長岡邸には幽霊が二人出る、ということに相成りましてございます。今日はあちらで恨めしや、明日はこちらで恨めしや、それぞれ連日連夜のお出ましで、これが真の幽霊屋敷」

パンパンパチパチ！　と張扇と小拍子で釈台を叩いた甚千は、女の幽霊について話し始めた。

女の夫は長岡家の商売敵で、長岡社長の周到な罠《わな》にはまり、事業は失敗、家は没落。多額の借金を抱えた夫は必死に働くも体を壊す。女は懸命に夫を支えようとするが、金を貸してくれる人はおらず――、という辺りで、巴は聞くのをやめた。

綾之助が、甚千の講談には人を引き込む力があると言っていたのは本当だった。声の強弱、間合いの取り方、話しぶり、表情の作り方、目線の配り方。全てが絶妙に調和している。

客は次々に不幸が降りかかる女の身上に、大いに同情しているようだった。あちこちですすり泣く声がしている。甚千の話に合わせてため息を落としたり、拳を握りしめたりしている者も多い。

その女は実在しているのか？　あるいは全てがよくできた作り話なのか。客には見当がつかない。

しかし、本当か嘘かは問題ではないのだ。長岡家――長尾家のせいで不幸になった女がいるという、鮮度の高いネタを客に刷り込むのが目的なのだから。

またしても根も葉もない噂が広がる前に講談を止めたいが、ここは講釈場だ。講談はあくまで演芸だから、もともと真偽が問われないものである。ただの講談だ、物語の中に登場する長岡家の話だと言い張られたら、どうしようもない。

苛立ちともどかしさから、ぎりぎりと奥歯を嚙みしめていると、軽く腕を叩かれた。

ハッとして隣を見上げる。

葛目がこちらを見下ろしてきた。静かな眼差しに、ささくれ立っていた気持ちが幾分か落ち着く。

息を吐いた巴は、大事ありまへん、という風に小さく頷いてみせた。葛目も頷き返してくれる。

苛々している場合ではなかった。この講談が終わったら、なぜ「長岡邸の幽霊」を読み始めたのか、そして今、なぜまた新たに幽霊講談を読んだのか、甚千本人に尋ねなくてはいけないのだ。冷静にならねば。

甚千が高座で深々と頭を下げた次の瞬間、講釈場を揺るがすような大きな拍手が沸いた。

「ええぞ、甚千！」

「よ、日本一！」

次々に高座に投げられた銭が、バラバラバラ！　と派手な音をたてた。

ここ大阪では、投げ銭――紙にくるまれた銭を客が投げる――の多さは人気の証と言われる。甚千は満更でもない様子で、おおきに、ありがとうござりますと方々へ礼を言った。やがて小僧が出てきて銭を拾い出したので、甚千は立ち上がった。

目頭を押さえている者や、今し方聞いたばかりの講談について熱心に話している者をよそに、巴は腰を浮かした。甚千が高座を下りて楽屋へ戻ったときが好機だ。贔屓の客のふりをすれば、甚千に近付けるだろう。

しかしまたしても葛目に腕を押さえられる。

「待て」

「けど」

「怪しい男がいる」

葛目が軽く顎を動かした方向を斜めに見遣ると、中年くらいの着物姿の男が講釈場を出ていくところだった。中肉中背の、これといった特徴のない男だ。

男を追うように葛目が立ち上がる。巴もすぐに立ち上がった。

「怪しいて、どこがですか」

「甚千が講談を読んでいる間ずっと、甚千ではなく客を見ていた」

「え、ほんまに？」

ああと頷いた葛目は、外へ出ようとする客でごった返す客席を横切り、どんどん歩いていく。巴も置いていかれないよう、必死でついて行く。

——私が苛立ってることに気付いてはっただけやのうて、怪しい輩がおらんか周りも見てはったんや。凄い。

心底感心しながら下足番に札を渡し、草履を受け取る。葛目も同じく草履を受け取った。その間も男を視界の端に捉えているのがわかる。ごく自然に動いているように見えるのに、実は隙がない。

葛目と連れ立って講釈場を出ると、入ったときと同じどんよりとした曇り空だった。しかし風が出てきたせいか、あるいは夕刻になってきたせいか、さすがに中よりは涼しい。ふー、と思わず息を吐く。

男が小屋の裏口へ足を向けたのが見えた。

甚千さんと何か話すんかもしれん。

ごく当たり前に自らも裏口へ行こうとすると、待て、とまた止められた。

「君はここで待っていろ」

「私も行きます」

「だめだ。相手が悪い」

鋭い口調に、巴は目を丸くした。葛目はあの男を知っているのか。

「いいな、ここで待て」

早口で言った葛目は、裏口へ足を向けた。

咄嗟に追いかけようとしたものの、なんとか足を踏ん張って留《とど》まる。

葛目さんは、無駄なことは言わはらへん。

己を良く見せたいとか、力を誇示したいといった見栄《みえ》とは無縁な人だ。葛目が相手が悪いと判断したのなら、本当に危険なのだろう。従った方がいい。

逸《はや》る気持ちを落ち着ける意味も込めて大きく息を吐いていると、客たちの隙間にトミを見つけた。うつむき加減で歩いている。

おお、話を聞く好機や。

この辺りでトミと話すくらいなら、一人で行動するうちには入らないだろう。ただぼうっと何もせずに葛目を待っているより、きっと役に立つ。

「トミさん、こんにちは」

横から挨拶すると、トミはびくりと全身を強張らせた。巴と葛目が来ているのは知っていたはずだが、声をかけられるとは思っていなかったのかもしれない。ちらと巴を上目遣いで見た後、こんにちはと小さな声で応じる。

近くで見ると、顔色が良くないと一目でわかった。心なしか痩せたようだ。

「今日はお休みですか？」

「……へえ」

「ここへはお一人で？」

巴の問いかけに、トミは肩を揺らした。そしてぶっきらぼうに言い返してくる。

「うちが、一人で講釈場に来たらあかんのですか」

「いえ、そないなことはありまへん。ただ、この講釈場は芝居小屋がある辺りからは離れてて、他にこれっちゅうて遊興する場所もないでしょう。わざわざ来はったんは、やっぱり甚千さんの幽霊講談を聞くためですか？」

「……うちがここで何をしようと、あんたはんに関わりあらへんやろ」

棘《とげ》のある物言いに、巴は瞬きをした。

屋敷で顔を合わせたときと随分態度が違う。いくら休み中とはいえ、一応でも主家である長尾家と繋《つな》がりがある巴にこの態度はまずいのではないか？　巴は別にかまわないが、長尾家に泥を塗ることになりはしないだろうか。

ともあれ、トミが休日に何をしようと、巴に関わりがないのは間違いない。

「確かに関わりありまへんな。すんまへん」

素直に謝ると、トミは驚いたように目を丸くした後、ムッと唇を引き結んだ。

――私、トミさんに好かれてへんみたいや。

特に同い年くらいの女子の心の機微に疎いという自覚がある巴でも、それくらいはわかった。さっさと聞きたいことを聞いて、離れた方がよさそうだ。

「ただ、誰かにここへ来るように脅されたとかやと、話が違《ちご》てくるよって。そういうことはありまへんか？」

「脅されたて、何やのそれ……。うち、誰にも脅されてへんし」

意固地な口調の端に、わずかな恐れが滲んでいる。

幽霊の噂が立って、ただでさえ不安を感じているところに、脅しという言葉は直接的すぎたかもしれない。

巴はできるだけ柔らかい物言いを心掛けた。

「そしたらなんで今日、ここへ来はったんでしょう。甚千さんが新しい幽霊講談をしはるてわかってて来はったんですか？　それとも、たまたまですか？」

「それは、お使いに出たときに……、また幽霊講談をやるらしいて、聞いて……」

「噂話で聞いたんですか」

「そうや……。そんで、気になって……」

トミが震えていることに気付いて、巴は口を噤《つぐ》んだ。

甚千の講談を聞いた人たちは、かわいそうな女の幽霊に同情したり、長岡家の女への処遇に憤ったりはしていたものの、怖がってはいなかった。

「あの、もしかして、お屋敷で幽霊を見はりましたか？」

声を落として尋ねると、トミは顔をはね上げた。

――真っ青や。

息を呑んだそのとき、おい、と声をかけられる。

ハッとして葛目の声がした方を振り返ると同時に、トミが駆け出した。

講釈場から出てきた客たちは、既に粗方引いている。阻むものがないせいで、小柄な後ろ姿はあっという間に遠ざかった。

「どうした」

歩み寄ってきた葛目に、いえ、と曖昧に応じる。

「もしかしたらトミさん、幽霊を見はったんかもしれまへん」

葛目は眉を上げたものの、すぐ真顔に戻った。トミが去った方とは逆の方向へ歩き出す。

「行くぞ」

「どこへですか」

「わからん」

巴は一瞬、きょとんとした。が、立ち止まらずに葛目に従って歩き出す。

行き先が全くわからないのなら、葛目はきっと巴を連れて行かない。

「見当はついてるんですね」

「うん？」

「行き先の見当です」

葛目はちらとこちらを見下ろした。しかし歩みは緩めない。

「まあな。だが、確かではない」

なるほど、だから「わからん」のだ。

納得していると、ふと前を行く中肉中背の男が目にとまった。アムペラと呼ばれる夏用の帽子を目深にかぶっているが、間違いない。先ほど講釈場の裏口へ消えて行った怪しい人物だ。

どうやら件《くだん》の男をつけているとわかって、巴はおもむろに目線をそらした。薙刀の稽古をするうちに、人の眼差しは目に見えないにもかかわらず、実はけっこうな質量があると知った。あまり注視すると気付かれる。

体に芯が通ったような緊張感を覚えつつ、巴は葛目を見上げた。

「あの男、甚千さんと何か話しましたか？」

「ほとんど話さなかった。ただ、甚千に何かを渡していた」

「手紙とかですか」

「いや。恐らく金だろう」

「ご祝儀でしょうか」

「誰かにその金は何だと聞かれたら、実際はどうであれ、祝儀だと答えるだろうな」

つまり、男が甚千に渡したのは祝儀ではない。

甚千は恐らく、あの男に金をもらって幽霊講談を読んだのだ。

男自身ではなく、男を使っている誰かが、甚千を利用して幽霊の噂を広めようとしている。その人物が悪意の発端に違いない。

巴は改めて男の背中をちらと見た。繁華街から少し離れているとはいえ、土曜の午後だ。それなりに人通りはある。これくらい混んでいれば気付かれにくい。

「難しい顔をするな」

葛目に注意され、巴は我に返った。

いつのまにか眉間に皺が寄っていたらしい。

「すんまへん」

「できるだけ楽しそうにしろ」

「え、なんでですか」

「土曜の午後に出かけているのに、不機嫌な顔をしていたら目立つだろう」

「ああ、確かにそうですね」

大きく頷いた巴は、気合を入れて口角を引き上げた。

葛目が、く、と喉を鳴らす。どうやら笑われたらしい。

「なんだ、その顔は」

「何て、笑《わろ》たんですけど」

「そうは見えん」

「え、そうですか？」

自分で自分の頰を引っ張っていると、葛目がまた喉を鳴らした。

怪しげな男を尾行している最中だというのに、胸がじんわりと温かくなる。

そうしている間にも、男はどんどん歩いていく。向かい側から来た、手拭いを頰被《ほおかぶ》りした下働き風の男とすれ違った。ほんの一瞬、二人の視線がかち合う。夏帽子の男が頰被りの男に頷いてみせた。

言葉をかわさず、立ち止まりもせず、二人はそれぞれ正反対の方向へ歩いていく。

一見すると、まるきり関わりのない他人同士のようだ。

「葛目さん」

思わず呼ぶと、葛目も一連の動きを見ていたらしく、ああと応じた。

巴に手で合図して、一旦道の端へ寄る。そして少しだけ間を置いて、たった今歩いてきたばかりの方向――頰被りの男が歩いて行った方へ向かった。

一人では動かないと、改めて約束したばかりだ。葛目に付いて歩き出しながらも、巴は肩越しに後ろを振り返った。講釈場にいた男の姿は、既に人ごみに紛れてしまっている。

――私が増山軍曹やったら、手分けして追いましょうて言えるのに。

「こっちだけでいい」

巴の心の内を察したように、葛目が言った。

「でも……」

「あっちの見当はついているが、こっちはわからん」

「ほんまですか？」

「本当だ」

葛目がしっかり頷いてくれたことに安堵して、頰被りの男を追うことに専念する。

ふいに前方で女の悲鳴が上がった。次の瞬間、人垣が割れる。

「チボや！」

「誰か捕まえてくれ！」

チボとは掏摸《すり》のことだ。

巴は咄嗟に、商店の壁に立てかけてあった箒に手を伸ばした。薙刀は広い場所でないと使えないと思っている人が多いが、そうではない。狭くてもやりようはある。

おい、と葛目に呼ばれると同時に、周囲の人に当たらないよう箒を下段に構えた。

走ってきた男の足を素早く掬《すく》う。

全く予想していなかったのだろう、男はどっと倒れた。わあ！　と歓声が上がる。

刹那、葛目が盾になるように巴の前に立ち塞がった。

どこからともなく、小奇麗な身なりの男が二人現れる。地面に転がり、足を抱えてうなっている男を両脇から抱え上げた。何さらす、放さんかい！　と掏摸が声を荒らげるが動じない。掏摸の懐から、掏《す》ったばかりらしい銀時計を難なく見つけ出す。

「いとはん、すんまへん」

「おおきに」

男らは葛目越しに巴に礼を言うと、なぜか銀時計を道に放った。そして、あっという間に掏摸の男を連れ去る。

誰やあの人ら。時計を掏られた人やないよな？　警察官にも見えんかった。

唖然とした巴だが、ハッとする。

頬被りの男はどうなった？

「来い」

言うなり、葛目は巴の腕をとって駆け出した。近くにいた野次馬の女に箒を押し付け、巴も必死について行く。

葛目は表通りを避けるように路地に入った。

「目立つことして、すんまへん」

走りながら謝ると、いや、と葛目は応じた。

「あの場合は仕方ない。よくやった。まだ走れるか」

はい！　と返事をする。

葛目は恐らく、本来の脚力の半分くらいしか出していない。一方の巴は全速力だ。薙刀で鍛えているせいか、息が苦しいわけではなかった。しかし薙刀の稽古には全速力で走るという行為がないので、手足の使い方がよくわからない。

とにかく着物の袖と裾が邪魔だった。空いた手で裾をからげたものの、それでも思うように走れない。

――いや、手本が目の前にあるやないか。

葛目の真似《まね》をして走ろうと先を行く長身を見ると、ふいに速度が緩んだ。

いつのまにか住宅が並ぶ場所へ出ていた。白い漆喰《しっくい》の塀や練り塀に囲まれた、それなりに大きな家が並んでいる。

「登れるか」

低く抑えた声だったが、巴の耳にははっきりと届いた。

前方にある家の立派な塀の内側に、大木が植わっていた。青い葉が茂った枝が道にまで伸びている。

この木に登れってことや。

頷いた巴は、走っていた勢いのまま思い切り跳んだ。枝をつかんだ腕と、腰を押し上げてくれた葛目の手を支えに塀を駆け上り、更に上の枝をつかむ。草履を履いたままの足元が滑るので、脚力ではなく上半身の力を使って幹の方へ移動した。太い幹にたどり着いたところで素早く草履と足袋を脱ぎ、懐へ入れる。

木登りは得意だ。幼い頃、家の庭や近所の寺に植わっていた木に登り、よく叱られたものである。いつも近所のどの男児よりも素早く、高いところまで登っていた。おかげでどの枝をつたっていけば安全に登れるか、一目でわかる。十年近く毎日薙刀を握り続けた掌《てのひら》は硬く、凸凹した硬い枝をつかんでも怪我はしない。

幹に体を預けた巴は、生い茂る葉の隙間から下を覗いた。

高い位置から見下ろしたせいだろう、怪しい風体の男が数人、葛目に近付いているのがわかった。

――葛目さん、気付いてはる。

この辺りは住宅の塀が続き、身を隠す場所がない。だから巴を木に登らせたのだ。

一緒に戦いたいが、箒は返してしまった。得物がなくては足手まといだ。

ぎりりと奥歯を嚙みしめた次の瞬間、男たちが一斉に葛目に向かっていった。

「っ！」

無駄のない動きで攻撃を受け流した葛目は、一人一人の急所を突き、一撃で確実に倒していく。男たちも腕っ節に自信があるのだろう、次々に飛びかかっていくが、到底敵わない。

凄い……！

感服していると、少し離れたところに男が潜んでいるのが見えた。懐に手を入れている。ピストルを持っているかもしれない。

巴は周囲を見回した。すぐ傍にある木の枝に、生《な》って間もない小さな青い実がついている。

実が生っている木に慎重に移動した巴は、すんまへんと心の内で謝り、青い実をひとつもいだ。思ったより重い。それに硬い。好都合だ。

改めて男を振り返ると、やはりピストルを取り出そうとしている。まずい。

巴は乱暴に袖をからげ、腹に力を入れた。間を置かず、薙刀の道場で何度か投げたことがある手裏剣と同じ要領で実を投じる。

当たれ！

そう念じた瞬間、実は男の頭にぶつかった。上から何かが飛んでくるとは思いもしなかったのだろう、いたあ！　と大きな声をあげる。

ここにいますよ、と知らせているも同然のその声を聞いた葛目が、男に突進した。そしてやはり一撃で気絶させる。

辺りに立っているのは、葛目一人だった。男たちは皆、地面に伸びている。

「おお……」

巴は思わず声をあげた。凄い、と改めて思う。襲ってきた男たちの正体も、なぜ襲われたのかもさっぱりわからないが、とにかく凄い。

走ったり木に登ったりの連続で、ただでさえ早鐘を打っていた心臓が、更に騒ぎ出した。顔だけでなく耳も首筋も熱い。いや、全身が熱い。

葛目はわずかに息を切らしつつ、巴がいる木の下に駆け戻ってきた。こちらを見上げて問う。

「無事か？」

「はい、大事ありまへん」

答えた巴はもともといた木に戻り、途中まですするすると下りた。この木は他人の家の庭に植わっている。幹をつたって地面まで下りるわけにはいかない。

――飛び降りるしかないか。

そう思って改めて着物の裾をからげると、葛目が両腕を差し出した。

「来い」

「え」

「もうすぐ人が来る。面倒だから離れるぞ」

「え、あ、はい」

頷いた巴は、思い切って枝にぶら下がった。すると葛目がしっかり腿《もも》を抱えてくれる。枝からそっと手を離すと、そのまま難なく地面に下ろされた。

「すんまへん、ありがとうございます」

ペコリと頭を下げ、懐に入れておいた足袋と草履を取り出す。

急いでそれらを履いていると、葛目は巴の頭の天辺から足の先までじろっと見た。

「怪我はないか」

「はい。どこも何とも」

「しかしぼろぼろだな」

「へ、ああ、ほんまですね」

帯をしっかり結んでおいたおかげだろう、それほど着崩れてはいないものの、衿《えり》が緩んでいるし、裾も歪《ゆが》んでいる。よく見ると、袖が派手に破れていた。束ねていた髪も緩んでおり、とにかく全身が埃《ほこり》まみれだ。

今更ながら恥ずかしくなってうつむくと、ふいに額に柔らかいものが触れた。

驚いて顔を上げる。

葛目の真剣な面持ちが、視界に飛び込んできた。手拭いで額を拭いてくれている。

もともと火照っていた頰が、ますます熱くなる。

「あ、あの、すんまへん」

赤くなっているだろう顔を背けたかったが、拭いてもらっている手前、動くわけにはいかない。

——変に思われへんやろか。

いや、もともと変な娘だと思われていただろうから今更だ。

それに、顔色がよくわからないほどあちこち汚れてしまっている。

「君は、大した女子《おなご》だな」

ふいにしみじみと言われて、へ、と巴は間の抜けた声をあげた。

葛目は思いの外柔らかな眼差しを向けてきた。

「俺を助けてくれただろう」

「あれは、助けたていうほどのことや……」

「俺は助かった。ありがとう」

礼を言った葛目は、ふいに巴に背を向けてしゃがんだ。

「乗れ」

「へ？」

「負《お》ぶうから」

「え、平気です。歩けます」

「いいから早くしろ。足音が聞こえる」

有無を言わせない物言いだったが、巴の耳には何も聞こえなかった。しかしきっと葛目には聞こえているのだ。巴に合わせて走るより、巴を背負って走った方が速いと判断したのだろう。ぐずぐずしている暇はない。

「そしたらすんまへん、失礼します」

一応そう断って、巴はぎくしゃくと葛目の背中に体を預けた。葛目は巴の重さなど物ともせず、身軽に立ち上がる。

「しっかりつかまっていろ。振り落とされるなよ」

言うなり、葛目は駆け出した。ぐんと後ろに引っ張られる感じがして、慌てて広い肩にしがみつく。

先ほどまで登っていた木が、あっという間に遠ざかった。顔に当たる風は強い。

――速い！

気恥ずかしさや申し訳なさよりも、感心が勝った。走るだけでも大変なのに、人一人を背負っているのだ。しかも葛目は一人で数人の暴漢を制圧したばかりである。疲弊しているだろうに、こんなに速さが出るなんて、如何に鍛えているかが知れる。

君は、大した女子だな。

今し方聞いたばかりの言葉が、ふいに耳の奥でこだました。

今更ながら、胸がうるさいほど騒ぎ出す。体が芯から熱くなる。

葛目のように強くなりたいのは本当だ。相手を一撃で倒す身のこなしには感服した。葛目のように、疲れずに速く走りたい。女一人を持ち上げても、びくともしない力もほしい。

けどたぶん、この気持ちはそういう憧れだけやない。

私は、葛目さんを好いてるんや。

第四章　幽霊の棲家《すみか》

「美《うつ》やかな黒髪ですなあ。大事にせなあきまへんえ」

巴の髪を丁寧に梳《す》きながら、銀髪を上品な日本髪に結い上げた女性が言う。

巴は緊張しつつ、おおきにありがとうござりますと礼を言った。

「うちは男の孫ばっかりで、嫁の若い頃の着物しかあらへんで堪忍《かんに》しとくれやす」

「いいえ、とんでもございまへん。突然押しかけた上にお風呂までいただいて、着物も貸してもろてすんまへん。助かりました」

巴がいるのは、昔ながらの日本家屋の座敷である。洋風建築の長尾邸や信代が暮らす宇垣邸に比べるとこぢんまりしているが、巴の家よりずっと立派だ。貸してもらった着物も、サラリとした手触りの上等な布で仕立てられている。

葛目に連れて来られたのは、どっしりとした店構えの米問屋だった。葛目の母親の実家だという。

途中で葛目の背から下り、自ら歩いてたどり着いた。できるだけ髪や着物を整えたつもりだったが、その場にいた全員が目を剝いたので、元通りにはほど遠かったらしい。あれまあ、年頃のいとはんがなんちゅう格好で！　さ、お早《は》よう、お早《は》ようお入りやす！　と葛目の伯母に家の中へ促された。

その間に、葛目の祖母の、葛目への怒濤《どとう》の説教が始まった。娘さんは男で軍人のあんたはんとは違うんえ、ぼろぼろの格好になるまで、こないな時間まで連れまわしてどないな了見や。――延々と続きそうな苦言に、あの、と巴は恐る恐る口を挟んだ。葛目と彼の祖母だけでなく、葛目の伯父夫婦の他、店で働く番頭や小僧にまで注目されているのを感じながら、これだけは言わねばならぬと決意して言った。

――葛目さんは、悪うないんです。私が、葛目さんを連れまわしてしもたさかい、すんまへん。

ペコリと頭を下げると、葛目の祖母は目を丸くした。伯母はといえば、あらあらあらあらあらぁ！　といつかのかつのような声をあげた。お義母《かあ》さん、三郎さんへのお説教は後まわしにしまひょ、今はとにかくいとはんの身なりを整えて差し上げんと、と取り成してくれた。

あないに怒られる葛目さん、初めて見たな……。

一言も反論せずただただ叱られていた葛目が、祖母に悪戯を見つけられた幼い男の子のようで、申し訳なく思いながらもほのぼのとしてしまった。

「さ、これでよろし。こうして見ると、お母上に面差しが似てはりますなあ」

懐かしげに言われて瞬きをする。

「母をご存じですか」

へえと葛目の祖母が頷いたそのとき、御家《おえ》さん、すんまへん、と襖の向こうから女の声が聞こえてきた。御家《おえ》さんとは年嵩の女主人のことだ。

「先前《さいぜん》、亀助《かめすけ》が戻ってきました。先方さん、承知しましたとのことでした。ご迷惑おかけしますがよろしいお頼申しますて仰ったそうで、お文をお預かりしたと」

「さよか。お文はどこえ？」

「奥の間に置いてござります」

「わかった。亀助にご苦労《くろ》はんやったて伝えといてくれるか？」

「へえ、承知しました」

女が去る気配がした。今の一連のやりとりは恐らく、為岡家へ使いに行った小僧が帰ってきたという知らせだ。

米問屋にたどり着いたのは、日が傾いた頃である。家人がさぞ心配しているだろうと、お店《たな》の主人――つまり葛目の伯父が、すぐに使いを出してくれた。

巴は背後にいる葛目の祖母に向き直り、三つ指をついて頭を下げた。

「お世話かけてすんまへんでした」

「まあまあ、そない改まらんといておくれやす。ほんまのこと言うと、三郎さんがうちを頼ってくるなんて滅多にないことやさかい嬉しおす。あ、もちろんいとはんを遅うまで引っ張りまわしたんは、以《もっ》ての外《ほか》やけど」

ふ、と笑った葛目の祖母は、改めて巴を見つめた。

「お父上とお母上は、息災でおすごしですか」

「あ、はい。おかげさんで元気にしてます」

先ほど、葛目の祖母は巴の母を知っている様子だった。父までもよく知っているような口ぶりに戸惑う。そういえば、為岡巴と申しますと名乗ったとき、葛目の祖母だけでなく伯父や伯母、番頭も目を丸くしていた。

葛目の祖母はほっと息をついた。

「そらよかった。大坂城におられた公方《くぼう》様が江戸へ帰ってしまわはった後、為岡様をはじめ、与力同心の皆様方にはほんまにお世話になりました」

「え、そうなんですか？」

「お父上かお母上から聞いてはりまへんか？」

はいと正直に応じると、葛目の祖母は目を細めた。

「お二人らしいですなあ」

「あの、すんまへんけど、当時のことを教えていただけませんか」

へえと頷いた葛目の祖母は、小さく息を吐いた。

そして幾分か険しい顔で、おもむろに話し始める。

「慶応四年の松の内のことです。徳川慶喜公が江戸へ帰ってしまわはった後、他所から戦をするために来てはったお武家さんは、早々に江戸へ引き上げてしまわはりました。お奉行様も退去されて、その際に罪人が釈放されましたんや。罪人はもちろん、悪事を犯しても、捕まえる人がおらんようになってしもたんです」

葛目の祖母は一度、言葉を切った。ふ、とまた息を吐く。

「それをええことに、一時無頼の徒が好き放題しましてな。お店《たな》に押し入って金品を奪う、言うことをきかんと殴る蹴るていうこともおました。それで潰れてしもたお店《たな》もあった。三日ほどで新政府軍が大阪入りしてちぃとはましになったけど、あの頃は戦続きで新政府も人手を割けんかったみたいで、取締りは緩いもんやった。そうは言うても商売せんことには干上がってしまいますよって、私ら商人はびくびくしながら店を開けてました」

昔語りの口調は、いつか母が大坂城が焼けたのを見たと言ったときと同じく、静かだった。しかし今初めて、その静けさに内包された怒りや不安、恐怖に気が付く。

ただ城がなくなったというだけではない。それに伴って、暮らしが一変したのだ。

それも悪い方に。

「そないなときに私らの様子を気にかけてくれはったんが、後に浪花隊にならはる為岡様らお役人の方々でした。為岡様はここいらを見まわるお当番やったんです。まだお若い奥方様と小ちゃい坊《ぼん》さん、おみ足の悪いご隠居さんもおられたのに、夜中に巡回してくれはったり、無頼の徒を追い払《はろ》てくれはったりしましてん。町人同士の揉事の間に入って、治めたりもしてくれはりました。奥方様のお千代様は、日々の暮らしの相談に乗ってくれはった。皆、明日どないなるかわからん毎日で不安やったさかい、ほんまに心強うござりました。女中のおハナはんにもお世話になって。おハナはんもお達者でっか?」

巴は瞬きをしつつ、はい、と頷いた。

父が浪花隊に所属していたことは知っていたが、詳しい事情は知らなかった。葛目や大田原少佐が父を知っていたのは恐らく、その頃の働きがあったせいだろう。

父上も母上もハナも凄い。

感服していると、ぎゅるるぅ! と突然腹が大きな音をたてた。慌てて腹を押さえるが、もう遅い。顔が一気に熱くなる。

そういえば昼にハナが作ってくれた弁当を食べたきり、何も口にしていなかった。

「す、すんまへん……」

「いえいえ、私としたことが、夕飯時やのに気ぃが付きまへんで。すぐ御膳を用意しますよって、待っといとくなはれ」

「あ、いえ、もうお暇《いとま》しますよって」

「何を言うてはりますのんや、今日は泊まって行かはったらよろし。為岡様のお許しも出てますよって、心配はいりまへん」

ニコニコと笑みを浮かべた葛目の祖母が立ち上がろうとしたそのとき、お祖母様《ばあさま》、と襖の向こうから葛目の声が聞こえた。

「入ってもよろしいですか」

「へえ、お入り」

音もなく開いた襖の向こうに、清潔な着物に着替えた葛目が座っていた。

ドキ、と胸が鳴る。顔が見られて嬉しい。安心する。

けれど同時に、なんだか照れくさい。

視線をうつむけると、葛目の手許《てもと》に握り飯と味噌汁の他、出汁巻きと茄子《なす》のお浸し、そしてお新香が載った膳が置かれているのが見えた。

味噌汁の香りが漂って来て、またしても、ぎゅるるう！　と腹が音をたてる。思わず前屈みになってしまったのは言うまでもない。

巴の腹の音が聞こえたのか、聞こえなかったのかはわからないが、葛目は淡々と言った。

「腹が減っているかと思いまして」

「あれまあ、気ぃが利くこと！　ちょうど今、御膳を用意しよう思てたとこえ。そしたら私は退散しますよって、何ぞ用があったら呼んどくれやす」

巴に向かって微笑んだ葛目の祖母と入れ替わりに、葛目が膳を手に部屋へ入ってくる。

「落ち着いたか」

はいと頷いて上座を譲ろうと腰を浮かすと、そのままでいい、と手で制された。

「君は客人だからな」

「はあ、すんまへん。あ、おおきにありがとうございます」

膳が目の前に置かれて、巴は礼を言った。つやつやとした白米の握り飯を目の前にして、駄目押しのようにぎゅるるうと腹が鳴る。

頬が火照るのを感じつつ、斜め前に腰を下ろした葛目をちらと見遣る。

あきれられたかと思ったが、葛目は凜々しい眉をわずかに動かしただけだった。

「もう少し早く持ってくればよかったな。悪かった」

「いえっ、とんでもございまへん。あの、葛目さんは」

「俺は先にいただいた。遠慮せず食べろ」

「あ、はい。そしたら、お言葉に甘えていただきます」

いただきます、と改めて合掌し、早速味噌汁に口をつける。旨い。

その一口で自分が思っていた以上に腹が減っていると実感した巴は、夢中で食べた。

ふっくりと優しく握られた握り飯も、薄味だが出汁がしっかり利いた出汁巻きも、微かに山葵《わさび》の香りがする軟らかな茄子のお浸しも、よく漬かったお新香も、どれも漏れなく美味しい。

米粒ひとつ残さずにたいらげた巴は、再び手を合わせた。

「ご馳走様でした。美味しかった……！」

心の底から出た感想だったせいか、万感胸に迫る物言いになった。

一言も発さずに巴が食べるのを見守っていた葛目が、ふ、と笑う。

「足りないならおかわりもあるぞ」

「いえ、お腹《なか》いっぱいいただきました。ありがとうございました」

「そうか。よかった」

思いの外柔らかい口調で応じた葛目は、脇にあった急須で茶を淹れ出した。

「あ、すんまへん。自分でやります」

「君は客人だと言っただろう。それに俺は今、手が空いている。俺がやる」

いや、私も手ぇ空いてるんやけど……、と思ったが、口には出さなかった。ありがとうございますと素直に礼を言う。

葛目さんのこういうところも好いたらしい。

お菓子を分けてくれたときや、自転車について話したときもそうだったが、男だからこう、女だからこう、年長だからこう、年少だからこう、と決めつけない。もっと広い視点で世の中を見ている。

ほら、と差し出された湯呑みをおおきにと受け取り、巴はゆっくり茶を飲んだ。

上等な茶葉なのだろう、ほのかに甘い。それに熱すぎないのがちょうどいい。ほう、と我知らずため息が漏れる。

「美味しいです。ありがとうございます」

うんと満足げに頷いた葛目は、ひとつ息を吐いた。そして巴に頭を下げる。

「巻き込んですまなかった」

「や、そんな、巻き込んだんは私の方で」

「いや。今日に限っては俺が巻き込んだも同然だ。見通しが甘かった。講釈場には俺一人で行けばよかった」

「甚千さんが新しい幽霊講談を読むて聞いた以上、講釈場に行かへんわけにはいきまへんでした。葛目さんが一人で行くて言わはったとしても、私も行きますて言い張ったと思います。無理矢理にでもついて行ったやろうから、葛目さんが謝ることはありまへん」

きっぱり言い切ると、葛目はわずかに眉を上げた。

「——そうか」

「はい、そうです」

大きく頷いた巴に、葛目はごく小さく口許を緩めた。

そんな些細な変化が嬉しい。

胸が温かくなるのを感じつつ、巴は気になっていたことを尋ねた。

「葛目さんを襲《おそ》たあの連中、何者ですか」

うんと応じて、葛目は自分用に淹れた茶を一口飲んだ。どうやら事の次第を話してくれるようだ。

巴は背筋を伸ばして葛目の言葉を待った。

「長尾さんが鉱山を売りに出しているのは知っているか？」

「はい。幽霊の噂のせいで、値が下がってるて聞きました」

「そんなことまで女学校で噂になっているのか」

「いえ、値崩れのことは級友から聞きました。お父上が会社を経営されてて、級友にいろいろ話をしてくれはるみたいです」

ほう、と葛目は感心したような声を出した。

巴は葛目の方へ身を乗り出した。

「鉱山の値が下がったら、長尾さんにとっては損ですよね。長尾さんに儲けさせとうない商売敵が、甚千さんに幽霊講談を読ませた、ていうことでしょうか」

「少し違う。其奴《そやつ》は長尾家に儲けがあるかないかには興味がない。長尾家の評判を落としたいわけでもないし、長尾家に恨みがあるわけでもない」

「そしたらなんであないな噂を広めたんですか」

「良質な鉱山を、安く手に入れたかった。買い叩く材料になる弱みを探しても見つけられなかったんだろう。だから幽霊の噂をばら蒔《ま》いた」

ええ、と巴は思わず声をあげた。

「何ですか、それ……」

「長尾家が売りに出した鉱山が、たまたま其奴がほしい鉱山の条件に当てはまった。だから長尾家に関する不穏な噂を広めた。甚千に新しい幽霊講談をさせたのは、以前の講談で値が下がったのに味をしめて、更に値を下げてやろうと欲をかいたからだ」

「ええ、ほんまに何ですかそれ……」

思わずつぶやいた巴に、葛目は苦虫を嚙み潰したような顔になった。

「鉱山の値を下げるために、其奴は金に困っている者を探し出した。長尾さんの鉱山で働く技師の中に、投資に失敗して借金を抱えている者がいるのを見つけて、大金を渡して引き抜いた。それから、昔からある、と……」

ふいに葛目は言い淀んだ。

そういえば、綾之助と話していたときにも「と」で止まったことがあった。

「あの、私、誰にも言いまへんよって。と、て何ですか」

真剣に問うと、葛目は観念したように息を吐いた。

「――賭場だ。博打《ばくち》をする場所のことだな」

「え、けど、賭場は違法で、警察に見つかったら胴元も客も逮捕……、あ」

違法だが、今もあるのだろう。なにしろ博打は、江戸の頃から長く続いている遊びだ。幕府は度々禁令を発したらしいが、あまり効果はなく、大名に仕える中間《ちゆうげん》たちまでもが盛んに遊んでいたとも聞く。

対して明治の法律は数年前にできたばかりだ。急に禁じられたところで、そう簡単に消滅するわけがない。だから警察官の娘である巴には言い難《にく》かったのだ。

以前なら、違法なら問答無用で逮捕すべし、と考えた。しかし綾之助の師匠である美根川甚兵衛や、葛目の祖母の昔語りを聞いた後では、一概に断じえない気がする。

江戸は、明治と隔絶された遠い過去ではない。すぐそこに、そう、手の届くところに生々しく横たわっている。

「為岡様も賭場のことはご存じだと思うが、一応な」

はい、と巴は神妙に頷いた。

一瞬、おや、という顔をしたものの、葛目は続ける。

「昔からある賭場では、負けが込んで借金が膨らんだら出入りを止められる。もうこれ以上借りは作ってくれるな、という合図だ。破産でもされたら遊びに来てもらえなくなるからな。そこで借金を返すために真面目に働くなり、金を貯《た》めるなりすればいいが、中にはそうはいかない奴もいる。甚千はどうしても博打をやめられなくて、いくらでも金を貸してくれる新興の怪しい賭場に通い続けていたんだ。そこに目をつけられた。借金を全額返してやって、自由に使える金もやって、幽霊講談をさせた」

「お金を出したんは、さっき言うてはった鉱山を安く手に入れたい人ですか」

「そうだ」

「鉱山は安う買いたいのに、そないなとこにはお金を出すて、ケチなんか何なんかようわかれへん……」

「ケチだろう。技師や講談師に渡す金は、技師や講談師にしてみれば大金かもしれんが、鉱山を買う金に比べたらごく些少《さしょう》だからな」

腑に落ちないものを感じつつ、はあと巴は頷いた。

葛目はわずかに苦笑する。

「もちろん、其奴が技師や講談師に直接金を渡したわけではない。ある組織に依頼して、その組織がまた別の組織に依頼した。実際に動いていたのが甚千に金を渡した男で、その男を動かしていたのが手拭いを頬被りした男だ。で、俺を襲ったのは頬被りをした男が属する組織、というわけだな」

「なんで葛目さんが襲われるんですか？　甚千さんの行方を調べたんは綾之助さんや。葛目さんは今日、甚千さんの講談を聞きに来はっただけでしょう。頬被りの男をつけただけで、あないに仰山で襲うて変やないですか？」

　不思議に思ったことをそのまま口に出す。

　すると葛目は巴から視線をそらし、首の後ろに手をやった。束の間、迷う素振りが見えたが、やがて口を開く。

「ここ三月《みつき》ほど、俺が黒幕の周りをうろうろしていたせいだと思う。俺の身元を特定していたわけではなさそうだが、怪しい奴が何か嗅ぎまわっている、くらいの認識はあったはずだからな。頬被りの男がつけられていることに気付いて、仲間に合図を送ったんだろう。力で脅しつければ手を引くと思ったんじゃないか」

　――なんで葛目さんが黒幕の周りをうろうろするんや。

　長尾家の遠縁だから、幽霊の噂の出所を調べていたのだろうか。その結果、黒幕にたどり着いたのか？

　疑問が顔に出たらしい。葛目は首を横に振った。

「逆だ。俺はもともと黒幕の方を探っていた。そうしたら幽霊の噂に行き着いた」

なんで黒幕を探ってはったんやろ?

またしても疑問が顔に出てしまったようだ。葛目は微かに笑った。

「軍も政治と無関係ではない。こちらの言い分を通すために、取り引きできる材料をそろえておく必要がある」

「政治、ですか」

ああ、と葛目は短く応じた。

つまり、幽霊の噂を流し、鉱山を安く手に入れようとした黒幕は政治家なのだ。甚千が京都で遊ぶことができたのも、政治家の顔がきいたせいかもしれない。

話し合いで解決できないことが多々あるのは、維新が証明している。話し合いで事が治まるのなら、幕府軍と新政府軍が幾度も凄惨な戦をする必要はなかった。士族の反乱もなかった。

たとえ戦にならず、話し合いで解決できたように見えたとしても、裏で様々な駆け引きが行われているのは想像に難くない。葛目の職務は恐らく、そうした駆け引きに必要な情報を集めることだ。長尾邸に何度も足を運んでいたのも職務の一環だろう。

桁外れの強さと冷静さはもちろん、これだけ立派な体軀《たいく》で端整な風貌なのに、着物を身につけた途端に周囲に埋没するのは、特別な訓練を受けた賜物《たまもの》ではないか。

「幸い鉱山はまだ人手に渡っていない。明日、幽霊の噂のからくりを長尾社長に話す。

きっと手を打たれるはずだ」

「けど、長尾さんは甚千さんを捕まえられませんよね。警察にも無理や。講談はただの作り話やて言い張られたら、どないもできん。そうなると、甚千さんにお金を渡してた人も捕まえられんのやないですか」

「そうだな、恐らく捕まらん。甚千も黒幕も、捕まらないことを承知でやった」

あっさり言ってのけた葛目に、巴は口をへの字に曲げた。納得がいかない。

葛目は右の口の端だけをわずかに引き上げた。

「警察が捕まえなくても制裁は下る。ここまで話が大きくなった以上、長尾社長は何か手を打たれるだろう。甚千も、甚兵衛先生が野放しにはしてはおかないはずだ。経済界も演芸界も、そこまで甘くない」

葛目の淡々とした物言いに、はあ、と巴は腑に落ちないまま相づちを打った。

悪意を持って騒ぎを起こした人間が捕まらないのは、どうにも腹の虫が治まらない。

「あ、そや。あのチボを連れてった人らも、何か関わりがあるんですか？」

身なりの良い二人の男を思い出す。男らは掏摸が盗み取った銀時計を見つけ出したというのに、なぜか道に打ち捨てた。そして掏摸を転ばせた巴に礼を言った。

いや、と葛目は仏頂面で首を横に振る。

「あの二人は幽霊の噂に関わりはない。たぶん掏摸だ」

「え、チボがチボを捕まえたってことですか?」

「そうだ。十中八九、あの辺りを縄張りにしている掏摸集団の者だろう。銀時計を掏った男が自分たちの島で勝手に掏摸を働いたから、連れて行った」

「時計を持って行かんかったんは……」

「掏摸には掏摸の決まりごとがあると聞く。恐らくあの二人が属している組では、自分で掏った物以外は盗《と》ってはいけないんだろう」

はあ、と巴はため息まじりに相づちを打った。巴が銀時計を盗った掏摸を転ばせたから、簡単に捕まえられた。だから礼を言ったのだ。

銀時計を掏った男はどうなったのだろう。掏摸集団はいわゆるヤクザだ。もしかすると、警察に捕まった方がましだと思えるような仕打ちを受けたのではないか。

あ、と巴は心の内で声をあげた。先ほど葛目が言った、制裁が下る、というのは、恐らくそういうことなのだ。

葛目さんは、何でもようご存じやな……。

冷めてしまった茶を飲む葛目を目の前にして感じ入っていた巴だが、また別の考えが浮かんできた。

「幽霊の噂は、結局噂でしかなかったんですよね。そしたら私とヒデ坊が見た白い物は何やったんでしょう。やっぱり兎やったんでしょうか」

「ヒデ坊？　誰だ」

「長尾さんのお屋敷に御用聞きに行ってた、乾物屋の小僧さんです。女学校の上級生やった人のとこで働いている女中さんの息子さんなんやけど、お屋敷で白い物を見た言うて熱まで出したそうなんです。元気になってからも、お屋敷に行くんを怖がってるらしいて」

ふむ、と葛目は頷いた。

「少なくとも、君とその小僧は幽霊らしき物を見たということだな」

「や、見間違えていうか、思い込みやとは思うんです。ヒデ坊は私と違《ちご》て、ただ白い物を見ただけで、幽霊がしゃべったんを聞いたりしてへんさかい、義之さんの兎を見たんかもしれんし……。けど、ちょっと気になります」

万が一、巴と小僧が見た物に黒幕が関わっていたら？

あるいは、幽霊は本当にいるのか。

——まさか！

ふいに真っ青になったトミの顔が脳裏に浮かんだ。

幽霊を見たのかという巴の問いから逃げるように、その場を去った。

トミさん、何か知ってるんかも。

「明日の午後、ピアノのお稽古があります。また白い物が見えるかわからんけど、とにかく行ってきます」

「今日、いろいろあったが平気か？」

気遣われるのがくすぐったくて、自然に頬が緩む。

「大事ございまへん。ご飯もいっぱいいただきましたよって」

「そうだったな。明日は俺も長尾社長に話をしに行くから、一緒に出かけよう。お宅に迎えに行く。万が一、向こうで何か起きても無茶はするなよ」

葛目は仏頂面で素っ気なく言った。

しかし向けられる眼差しは柔らかかったので、はい、と素直に応じる。

葛目には葛目の用事がある。ピアノの稽古をつけてもらう巴の傍に、ずっといるわけにはいかない。

そんでも、何が起こるかわからないから行くな、とは言わはらへん。

少しでも信頼してくれているのなら嬉しい。


翌朝、米問屋に巴を迎えに来たのは母だった。否、迎えに来たというより、巴が世話になった米問屋の人たちに頭を下げにきた、といった方が正しい。父は出勤していて来られなかったという。

米問屋の主人夫婦と葛目の祖母は、母と顔を合わせるのは久しぶりだったらしく、下へも置かぬ歓迎ぶりだった。母に謝罪と礼を言われて大いに恐縮した後、どうぞどうぞ上がっとくなはれと母を引き留めた。しかし母は、また改めて為岡と一緒にお礼に寄せてもらいますよって、と丁寧に断った。

ちなみに葛目は司令部へ行くと言って早朝に店を出たので、母と顔を合わせることはなかった。

「あの、母上」

帰り道、巴は少し先を歩く母に恐る恐る声をかけた。

今朝は昨日とは打って変わって、ところどころに雲が浮かんでいるものの、空は青く晴れている。初夏を思わせる強い日差しが眩《まぶ》しい。目を細め、姿勢の良い母を見つめる。

「勝手なことして、ご心配かけて申し訳ございまへんでした」

母はちらとこちらを見た。切れ長の目から鋭い視線が放たれる。

知らず知らず背筋がぴんと伸びた。

「少し前から何やこそこそしてるな、とは思てました」

「すんまへん……。かつ先生のおうちに関わることで、皆さんお困りやったさかい、どないしても放っておけんかったんです」

「かつ先生に、噂をどないかしてほしいて頼まれたんか?」

どうやら母も、長尾邸の幽霊の噂について知っているらしい。

いいえ、と巴は首を横に振った。

「私が、勝手に何とかせんとあかんて思ただけです」

「そういうのを容喙《ようかい》ていうんえ。もし、あんたが嘴《くちばし》を突っ込んだ末に怪我でもしたら、余計にかつ先生にご迷惑とご心労をかけるとは考えんかったんか」

厳しい口調で問われ、言葉につまる。

かつをはじめ、かつの息子たち、延いては長尾家の人々を守りたい気持ちに嘘はなかった。今も、その気持ちは微塵も変わっていない。

しかし、己が怪我をしてかつに心配をかけるという発想はなかった。

薙刀の師匠にも、浮き足立っても、ろくなことあれへん、と忠告されたのに。

「葛目さんのこともそうや。自分が巻き込んだて文に書いておいでやったけど、そもそもは血気に逸ったあんたに付き合《お》うてくれはったんやろ。なんぼお強い方やいうても万が一ということもある。あの方を巻き込んで、怪我でもしはったらどないするつもりやったんや」

ふと木の上から見た、ピストルを取り出そうとする暴漢の姿が脳裏に浮かんだ。

今更ながら、ぞっと背筋が寒くなる。

葛目はもともと黒幕を探っていたと言った。相手はそれに気付いていて、葛目を脅そうとしたと。巴と行動を共にしなくても、襲われていた可能性は充分ある。

しかしあのとき巴が一緒にいなければ、葛目は自由に動けたはずだ。俊足の葛目なら、襲われる前に逃げおおせただろう。巴に合わせていたから捕まってしまった。

「浅慮でした……」

「反省しなはれ」

「はい……」

うつむいて肩を落とす。

――私はまだまだや……。

母はひとつ、息を吐いた。

「ともあれ、お世話になった方の力になりたいていう思いはまっとうや。口だけやのうて実際に動いたんも、無謀ではあったけど大したもんやと私は思います。妙な噂に踊らされんかった冷静さも、誇りに思うてええ。世間の娘さんとはだいぶ違うけど、世間ほど当てにならんもんはないよって、あんたはあんたのままでいたらよろし」

「え……」

思いもかけない言葉に驚いて、巴は顔を上げた。

母はまたちらとこちらを振り向いた。その目は幾分か柔らかい。

「無事でよかった」

嬉しいような、申し訳ないような、誇らしいような、何とも言えない気持ちで胸がいっぱいになる。

不覚にも目頭が熱くなるのを感じつつ、すんまへんでしたと巴は再び頭を下げた。

母が微笑んだ気配がする。

「そんで、事は治まりましたんか?」

「治まったと言えば治まったんやけど、まだ気になることがあって……。あ、けど、もう講釈場に一人で行ったりはしまへん。かつ先生のお屋敷で働いてはる女中さんに、ちょっとお話を聞くだけです」

「女中さんのお勤めの邪魔せんようにな。それから、もうようわかってる思うけど、かつ先生にご心配をかけんことが肝心え」

はい、と巴は素直に頷いた。

「今日の午後、ピアノのお稽古に行くとき、葛目さんも一緒に来てくれはります。あ、もちろん私の付き添いで来てくれはるというよりは、葛目さんもかつ先生の旦那さんにお話があってお屋敷へ行かはるさかい、そのついでで。迎えに行くて言うてくれはったよって、一緒に行ってきます」

母はなぜか一瞬、沈黙した。

「葛目さんのこと、あんたどない思う？」

「どないて……、あの、ええと、ええ方です。信頼してます」

まさか好いていますとは言えないので、しどろもどろになってしまった。そもそも口に出すのは恥ずかしいし、今、口に出すべきことでもないだろう。

さよか、と母は短く頷いた。

「今度、父上がお休みのとき、肩を揉んで差し上げなはれ」

「へ？　あ、はい……」

なんで突然父上の肩揉み……？

急に話が変わって巴は首を傾げた。そういえば少し前、兄にも父上の肩を揉んで差し上げろと言われて揉んだ。最近の父はそんなに疲れているのだろうか。

父の職務のことはわからないが、今回の件で心配をかけただろうから、母の言う通り、肩を揉むことにしよう。


「なぜずっと目を細めているんだ」

長尾家の屋敷へ行く道々、葛目に訝《いぶか》しげに問われる。

巴は慌ててすんまへんと謝った。

「眩しいて……」

「ああ、確かによく晴れたな」

葛目はやはり目を細め、青く晴れた空を見上げた。

――いや、日差しやのうて葛目さんが眩しい。

葛目は約束していた通り、家に迎えに来てくれた。休日だが、身に着けていたのは上下白の軍服だった。葛目のスラリと伸びた長身に、その夏の軍衣と軍袴はよく似合っていた。

白い軍服は、兄が身に着けているのを見たことがある。が、こんなに眩しく感じたことはなかった。好いていると自覚した途端に特別に見えるなんて、人間というのは不思議なものだ。

まあでも、ハナもびっくりしてたみたいやけど。

訪ねてきた葛目の応対に出たハナは、笑みを浮かべながらも眉間に皺を寄せていた。そしてこっそりと、巴様の方が美《うつ》やかでっせ、となぜか巴の着物を褒めてきた。昼から暑くなりそうだったので、母が淡い灰色に草花の模様が入った夏の着物を出してくれたのだ。青磁色の帯も涼しげである。

物見遊山に行くわけではない。ピアノの稽古に行くのだ。それに、トミに話を聞かなくてはいけない。気を引きしめなくてはと思いつつも、葛目の軍服の白と、絽《ろ》の着物の淡い色が対のようで嬉しかった。

　長尾邸の門の前には万作と、鉱山で働いている男の姿があった。昨日、新しい幽霊講談が読まれたばかりだ。不逞《ふてい》の輩が押しかけて来ないとも限らない。

　巴と葛目に気が付くと、二人は笑みを浮かべて頭を下げた。

「中尉殿、いとはん、おいでやす！」

「こんにちは。暑い中、ご苦労《くろう》はんです」

　頭を下げて挨拶を返す。葛目も会釈をした。

「お二人とも、夏らしいお召し物ですなあ！　見てるだけで涼しいなりまっさ」

「お二人が並んではると、錦絵みたいですな」

　頻りと感心する万作と男にどう返していいかわからず、はあ、どうも、おおきにすんまへん、と言葉を濁し、そそくさと屋敷へ向かう。

　葛目が何も言わず、じろっとこちらを見たのがいたたまれない。

「言いたいことがあるんやったら言うてください。淡い色は似合わへんとか、葛目さんはともかく、私はお世辞にしても錦絵は言い過ぎやとか」

　ぶっきらぼうに言うと、葛目はニコリともせずに口を開いた。

「万作が言っていた通り、涼しげに見えていいんじゃないか？　君自身も涼しいだろう。大阪の夏は暑いからな」

「はい。やっぱり絽は違います。風が通って涼しい」

「そうか。よく似合っている」

つらっと言われて、巴は言葉につまった。大した女子《おなご》と言われたときもそうだったが、不意打ちで褒めるのはやめてほしい。

面映ゆさに耐えかねてうつむいた巴だったが、ふと強い視線を感じた。

ハッとして顔を上げると、屋敷の二階の窓に人影が見える。が、瞬きをした瞬間に消えてしまった。

背の高さからいって、かつの息子たちではない。

かつか、かつの夫か、あるいは女中か。――それとも、幽霊か。

「今、二階に人影が見えたんですけど、葛目さん、見ましたか」

声を潜めて問うと、ああと葛目は応じた。

「見た」

「どなたやったか、わかりましたか？」

「いや、わからん。顔は見えなかった。しかし女だったぞ」

「女……」

二人目の幽霊は女だと甚千は言った。大金をもらって読んだ講談だとわかってはいるものの、一瞬だけ見た白いひらひらが脳裏を掠める。

巴の考えを見抜いたらしく、葛目はわずかに眉根を寄せた。

「誰かが窓の傍にいただけかもしれない」

「けど、私を見てました」

「客が来たと思って見たんじゃないか？」

「いいえ。ただ見たんやない。的を絞った強い目線やった」

「確かか？」

「確かです」

ふむ、と葛目は頷いた。そして目の前にそびえ立つ、初夏の明るい日差しを受けた豪奢な洋館を見上げる。

「俺は一階にある応接室で長尾さんと話をする予定だ。君がかつさんにピアノを教わる部屋も一階だろう。何かあったら、すぐに俺を呼びに来い」

「はい、承知しました。けど、その場を離れられんとき……、たとえば、いきなり脅されたり危害を加えられそうになったりしたら、葛目さんを呼んでる間はありまへん。私が対処した方がええと思います。あ、葛目さんの力を借りたないとか、自分の力だけでどないかしたいとか、そないな手前勝手な考えはありまへんよって。ただ、一番被害が少のうて、確実なやり方を考えただけで」

誤解されてはいけないと、慌てて言葉を重ねる。

葛目はゆっくり瞬きをした。

「大田原少佐の気持ちが、少しわかった」

「はあ……？」

「自分が動いた方がいいと判断したときは、君が動け」

「はい……！」

――私の判断を信じてくれはるんや。

唐突に大田原少佐の名前が出てきた理由はわからないが、じんと胸が熱くなる。

「ただし、前から言っているように無茶はするな。俺が近くにいることを忘れるなよ。呼べば必ず行くからな」

巴はこくりと大きく頷いた。口を開いたら、おおお……！　と叫んでしまいそうだったのだ。

葛目が傍にいてくれる。呼んだら来てくれる。

これほど心強いことはない。

よく磨かれた漆黒の平台ピアノの前に腰かけた巴は、慎重に最後の音を弾いた。

一拍置いて、そっと鍵盤から手を下ろす。

すると、傍らに腰かけていたかつが拍手をしてくれた。

「試験のときより、また良うなったねえ！　学校の授業でがんばってお稽古したんと違う？」

「はい、真面目に稽古しました。前よりずっと楽しいです」

「そう！　試験のために努力するんはもちろん大事やけど、巴さんの演奏を聞いてると、楽しんで弾くんもやっぱり大事やてようわかる。私も改めて勉強さしてもろたわ」

ニコニコと笑うかつに、巴も頬を緩めた。

追試を乗り切ったおかげで、肩の力が抜けたのは確かだ。同級生たちには到底及ばないが、間違えずに弾けるようになったのは素直に嬉しい。

それに、かつ先生の笑顔が見られたんも嬉しい。

巴の前だから明るく振る舞っているのかもしれないが、二週間前に会ったときに比べ、痩せたり顔色が悪かったりはしない。この部屋に案内してくれた女中のスエも、やつれている様子はなかった。

今日、葛目さんがかつ先生の旦那さんに話をしはったら、手を打たはるはずや。たぶん、噂もじきに静まる。

そうすれば、かつをはじめ長尾家の人々は心安くすごせるようになるだろう。

「さ、そしたら休憩しましょう。今日は久しぶりに巴さんが来てくれるよって、私がビスケットを焼いたんよ」

「え、凄い。ビスケットて、職人さんしか作れへんと思てました」

「道具と材料があったら、おうちでも作れるんよ。たくさん焼いたから、たくさんよばれてね」

「はい、ありがとうございます、いただきます！」

遠慮も忘れて力強く返事をすると、ふふ、とかつは楽しげに笑った。

「今日、三郎君と一緒に来たんやて？」

「はい。葛目さんが、わざわざうちまで迎えに来てくれはりました」

「まあ、そう！　三郎君が！」

うふふ、とまたかつは嬉しそうに笑う。

「旦那様とのお話が終わってはったら、三郎君も一緒にお茶をよばれましょ」

「はい、ぜひ」

「そしたら用意してくるさかい、ちょっと待っててね」

「おおきにすんまへん、ありがとうございます」

軽やかな足取りで部屋を出て行くかつを見送る。

ぱたんと静かに扉が閉まって、巴は大きく息を吐いた。

かつ先生が焼いてくれはったビスケット、楽しみや。
ピアノを弾いている間も変わったことはなかった。このまま何事もなければいい。
長椅子へ移動しようと立ち上がったそのとき、コンコンコン、と扉が叩かれた。
ハッとして動きを止める。最初に幽霊に遭遇したときと状況が似ている。
たちまち心臓が早鐘を打ち始めた。
――落ち着け。今、対処を誤ってはならない。
巴は大きく息を吸って吐いた後、扉に向かって言った。
「はい、どなたですか」
耳をすますが、返事はない。かわりに、コン、コン、とまた扉が叩かれる。
巴しかいない部屋に、その音はよく響いた。聞き間違いではない。
「かつ先生は、ここにはおられまへん。もしかして、私に用ですか？」
できるだけゆっくり、そしてはっきり言って、再び耳を傾ける。
が、やはり答えは返ってこない。
巴は息をつめ、じりじりと扉に近付いた。どうする。扉を開けるか。
それとも、このままじっとしているか。
「……こい……。すこい……」
前に聞いたのと同じ、微かな呟きが耳に届いた瞬間、巴は扉の取っ手に手をかけた。

勢いよく開けると同時に、ひらりと白い物が視界を掠める。

――あ、ひらひらや……！

「そこまでだ」

廊下へ飛び出すなり、葛目の落ち着いた声が聞こえた。

声がした方を振り向くと、白い敷布を抱えた女中――トミが立ち尽くしていた。

トミの向こう側には葛目が立ち塞がっている。葛目の後ろには洋装の紳士の姿が見えた。以前、かつの長男の自転車の稽古を見守っていた人である。かつの夫、長尾社長だろう。

二人はじっとトミを見つめている。

葛目と社長から逃れようとしたらしく、トミは踵を返した。が、正面に巴が立っているのを見て後退る。結局どちらにも行けず、その場で足踏みをした。

「あ……、あ……」

トミは何か言おうとしたようだが、言葉がひとつも出てこない。つるりとした白い顔は真っ青だ。額には汗が滲んでいる。

――どういうことや。幽霊はどこへ行った？　トミさんは幽霊を見たんか？

「笠谷《かさや》トミ。君が幽霊の正体だったんだな」

葛目が静かに言う。

え、と巴は思わず声をあげた。

「どういうことですか」

「そのままの意味だ。君が見た幽霊の正体は、この女中だ」

淡々と返した葛目を、トミがキッとにらみつける。

「う、うちがなんで……！　幽霊なんか、知りまへん……！　うちはただ、通りかかっただけで！」

敷布をきつく抱きしめたトミは、顔を真っ赤にして言いつのった。

しかし葛目は微塵も表情を変えない。

「長尾さんと俺は、君がかつさんが台所へ行ったのを確かめてからピアノの部屋に近付くのを見た。立ち止まって扉を叩いたのも見た。すこい、と言っているのも聞いた。言い逃れはできない」

「ちが……！」

「何がどう違う。君の目的は何だ。幽霊の噂が長尾家の内部から発信されるよう、誰かに幽霊を演じてくれと頼まれたのか？」

「うち、うちは、そないなこと……」

追及の手を緩めない葛目に、トミは言葉につまった。ぶるぶると全身が震えている。

トミ、と落ち着いた声で呼んだのは長尾社長だ。

「誰かに頼まれたんやったら、正直に言いなさい。もし脅されてるんやったら、私が何とかしてやるよって」

励ますような物言いだった。——盆暮れには社長さんがわざわざ山へ御居《おい》やして、酒やら米やらの差し入れをして労《ねぎろ》うてくれはります。今も門の前で不審者を見張っているだろう、鉱山で働く男の言葉を思い出す。従業員や使用人に対して思いやりのある人なのだ。

優しい言葉をかけられたからか、トミは唇を嚙みしめた。その目には涙がいっぱいに溜まっている。

「頼まれていないのか?」

再び葛目が尋ねた。こちらはやはり淡々としている。

トミは首を縦にも横にも振らない。

「頼まれていないとすると、君が己の考えでやったということか」

「……………」

「この屋敷で幽霊らしき物を実際に見たのは、俺の知る限りだが、そこにいる女学生と乾物屋の小僧の二人だけだ。女学生のピアノの追試が終わって稽古が毎週ではなくなったことを知らず、用意しておいた幽霊の細工が無駄になったときがあったのではないか? 小僧はそのときの君を偶然見てしまったんだろう。小僧に見せるための幽霊ではなかったから、小僧は君の声を聞いていない。どうだ、合っているか？　間違っているのなら訂正し給《たま》え」

　葛目が促したものの、トミは唇を嚙みしめるばかりだ。

　葛目はまっすぐにトミを見た。

「君の目的は、幽霊騒ぎに乗じて、そこにいる女学生を脅かすことだな？」

　え、と巴はまた声をあげてしまった。

　長尾社長も目を丸くしている。

「どういうことや、トミ。なんで巴さんを……」

「すこいからや！」

　急に大声で怒鳴ったトミに、巴は肩を揺らした。

　トミは巴をにらみつける。

「うちかて、ほんまは丸持ちのエェシの子ぉやった！　大坂城が焼けた後に家が潰れなんだら、今頃きれいな着物着て、美味しい物《もん》食べて、女学校行って、ピアノかて習《なろ》てたんや！　いとはんて呼ばれて、大事に大事にされてた！　軍人さんか、どこぞの商家の跡取りか、学者さんか、立派な男子《おのこ》とのお見合い話かて、降るほどあったはずや！　それやのに、なんでうちが女中で、あんたみたいなガサツな女子《おなご》が女学生なんや！　すこい！　すこい！　すこいぃ！」

全身で叫ぶなり、トミが突進してきた。

葛目が一歩踏み出したのを視界の端に捉えつつ、巴は振り上げられたトミの拳を、手首をつかむことで止めた。そのまま体を斜めにかわし、ぐるっと腕を返す。短い悲鳴をあげて倒れかけたトミの体を支え、怪我をしないよう丁寧に床に下ろした。

一部始終を見守っていた葛目が、大きく息を吐く。

一瞬の出来事で何が起こったのか理解できないらしく、床に座り込んだトミはぽかんとしていた。

「大事ありまへんか」

巴が声をかけると、トミは我に返ったようにこちらを見上げた。

見開かれた目は真っ赤だ。怒りなのか、驚きなのか、怯えなのか、何なのかよくわからない、複雑な感情が見え隠れしている。

トミの瞳がきろりと動き、巴につかまれている自分の手を見た。

トミが乱暴に振り払うのと、巴がつかんだままでいた手首を離すのとは同時だった。

「何やねん、人を虚仮《こけ》にして……！　ドチクショ、ドチクショ……！」

吠えるように怒鳴った後、トミはわっとその場に泣き伏した。

なんとも言えない苦さを抱えつつ、号泣しているトミを見下ろす。

どうやらトミはもともと裕福な家の娘だったようだ。大坂城が焼けた後の明治のはじめ頃――恐らく大阪が無政府状態だったときに家が没落してしまい、女中として働くことになったのだろう。だから同い年くらいの巴が女学校に通い、ピアノを習っているのが羨ましくて腹立たしくて、悔しかったのだ。

巴に対してつっけんどんだったのは、単純に好かないというだけでなく、様々な負の思いがあったからに違いない。

――私が、トミさんに何かしたわけやない。

いわば逆恨みだ。

しかし今、トミを責めるのはもちろん、謝るのも違う。

巴が言葉を探していると、トミ、と長尾社長が呼んだ。

「おまえの境遇は、私も承知してる。お店《たな》のことは気の毒やった。けど、そやからて、人を脅してええことにはならん。汚い言葉で罵ってええわけがない」

温かくも厳しい口調に、トミは嗚咽《おえつ》しながらも小さく頷いた。

「す、すんま……、すんまへん……」

「私に謝る前に、巴さんに謝らんとあかんやろ」

「………」

「トミ」

長尾社長に促されても、トミは謝らなかった。

腹は立たなかった。ただ、悲しいような、侘《わ》びしいような気持ちになる。謝らなくていいとは思わない。長尾社長の言う通り、どんな事情があっても、己の鬱憤を晴らすために人を脅すのは間違っている。

しかしやはり、巴にはトミを責めることはできなかった。

――トミさん、気の毒や。

葛目の祖母から聞いた、慶応四年――明治元年の大阪の話を改めて思い出す。

もし、父が浪花隊に入る前に無頼の徒に命を奪われていたら、巴は生まれていない。遺《のこ》された母と兄と祖父は、きっと相当苦労しただろう。戦ではなく乱闘で済んだ五年前の松島事件ですら、陸軍に二人の死者が出ている。もしかしたらそれは兄だったかもしれない。今、四人そろって健やかに暮らせているのは、運に恵まれたからだ。

そうだ。何もかも、紙一重だ。

葛目と長尾社長の視線を感じつつ、ゆっくり口を開く。

「私は、丸持ちのエェシの娘やありまへん。それに、自転車に乗りたかったり、木登りは得意やけど、裁縫と英語とピアノはからきしやったり、ほんまは警察官になりたかったりする妙チキチンな女子《おなご》やさかい、お見合い話はなかなか来《こ》ぉへんと思います。けど、トミさんが言う通り、女学校に通わせてもろて、ピアノを習わせてもらえるんは、相当恵まれてるてわかってます。それはほんまに感謝しかない」

聞いているのか、聞いていないのか、トミは何も言わなかった。ただ頻りに嗚咽している。

巴とトミを見守っていた長尾社長が、おもむろに巴に頭を下げた。

「巴さん、怖い思いをさせて申し訳なかった」

「そんな、頭上げとくれやす。長尾さんのせいやござりまへんよって」

「いや。噂はいつか消えると放置せず、もっと早く手を打っておけば、幽霊の噂がここまで広がることはなかった。そしたらトミの耳にも入らんかったやろう。幽霊の噂を聞かんかったら、自らが幽霊になって巴さんを脅すなどという愚行は考えつかんかったはずや。ほんまにすまんかった」

「いえ、ほんまにもう謝らんといてください。私も、呑気がすぎました」

首を横に振った巴は、葛目と長尾社長の背後に、数人の女中が固まっていることに気付いた。

不審者がいたら長尾社長を守るために行動を起こすのだろうが、ここにいるのは巴と葛目、そしてトミだけだ。どないしましたんや、何があったんや、と囁き合いながら、こちらを見つめている。

振り返った長尾社長が、スエ、と女中頭を呼んだ。スエが素早く駆け寄ってくる。

「トミを私の書斎へ連れて行ってくれ。私とかつも、じきに行く」

「へえ、承知しました」

なぜトミが泣いているのか問わず、スエはすぐに頷いた。巴と葛目に会釈した後、震えるトミの肩を抱いてゆっくりと立たせる。

トミがふらふらと歩き出したのを確認して、長尾社長は葛目に向き直った。

「中尉、申し訳ないが、巴さんを家まで送ってくれんか」

「はい、お任せください」

「巴さん、申し訳ない。今日のところはこれで。また改めてお詫びします」

「私のことは、どうかお気遣いなく。かつ先生に、よろしいお伝えください」

深くお辞儀をした巴にありがとうと応じた長尾社長は、トミとスエの後を追った。

廊下には巴と葛目だけが残される。

葛目がこちらを見下ろしてきた。巴も葛目を見つめ返す。

——なんか、ほっとする。

葛目の眼差しが温かくて安心する。

しかし悲しいような、侘びしいような、やるせない気持ちは胸に居座ったままだ。

ふいにツキリと目の奥が痛んだかと思うと視界が滲んで、巴は手の甲で乱暴に目許を擦った。

「——大丈夫か？」

「はい、すんまへん」

「謝ることはない。うちまで送ろう」

「おおきに、ありがとうございます。荷物を取ってきますよって、ちょっと待っといてもらえますか」

「わかった」

巴は踵を返し、ピアノの部屋に入った。

持ってきた音楽の教本を風呂敷に包んでいると、巴様、と呼ばれる。

息せききって部屋に入ってきたのは、以前、トミと一緒に敷布を運んでいたふっくりとした丸い体つきの女中だ。

「ああ、よかった。まだいてはった！　こちらをかつ様からお預かりしました。今度は必ず一緒によばれましょうて仰ってましたよ」

女中が差し出したのは、一目で外国製とわかる紙の箱だった。ふわりと甘い香りが漂う。

「……開けてみてええですか？」

「へえ、どうぞ」

女中が頷いたのを確かめて、巴はそっと箱の蓋を開けた。たちまち濃厚な甘い香りが立ち上る。きつね色のビスケットが、箱いっぱいにぎっしりと詰められていた。

——私のために、かつ先生が焼いてくれはって、こないに美《うつ》やかな箱に詰めてくれはった。

なぜか急に涙が込み上げてきて、巴は焦って蓋を閉めた。止める間もなく、ぽろぽろと涙が零《こぼ》れる。

「あれあれ、えらいこっちゃ、どないしましょ。巴様、泣かんといとくれやす」

おろおろした女中だったが、なぜかすぐに巴の傍を離れた。

入れ替わりに葛目が近付いてくる。

何の涙か、自分でもわからなかった。女学校で祟ると噂されたときや、道端で兵士に怒鳴られたとき、腹が立ったりあきれたりはしたけれど、涙は出なかった。早く泣き止《や》まなくてはと思うのに、勝手に涙があふれる。こんなことは初めてだ。

葛目の腕がそっと肩にまわった。そのままゆっくり抱き寄せられ、広くて逞《たくま》しい肩口に顔が埋まる。

流れ落ちた涙が、軍服の白い布地に染みていくのがわかった。

「ぐぅ……」

「ぐぅ？」

「軍服が、汚れます……」

「かまわん」

ぶっきらぼうな物言いだった。

――葛目さんは、嘘はつかはらへん。

葛目がかまわないと言ったら、本当にかまわないのだ。

巴は我慢するのをやめて、涙があふれるまま泣くことにした。

「巴、巴。ほれ見てみぃ、あそこでアイスクリン売っとる。食べて行こか」

父が指さした先には、確かにアイスクリン売りがいた。

土曜日の今日、朝からよく晴れているが、如何《いかん》せん蒸し暑い。繁華街の一角に出ている店の前には行列ができている。

「父上、アイスクリンを二つも買うんは……。母上に無駄遣いやて怒られまへんか？」

「大事ない大事ない。この父に任しとけ。今日は久々に巴と出かけたんや、それくらい奮発しても罰は当たらん」

「そしたら食べます。食べたいです」

気を遣われているのを感じつつ頷くと、父はほっとしたように笑った。

「おお、一緒に食べよう。きっとスイとするぞ」

早速二人でアイスクリン売りの下へ足を運ぶ。

トミが幽霊の正体だとわかった翌週の土曜の午後、協力してくれた綾之助と甚兵衛に礼を言うため、講釈場を訪ねることにした。当初は葛目と一緒に行くつもりだったが、職務の関係で時間がとれないというので、たまたま休みだった父が同行してくれることになったのだ。

巴はあれから、なんとなく浮かない日々を送っている。学校から帰ると必ず庭で薙刀の稽古をしているが、それでもすっきりしない。夏の休みに入ったら、絹と三人で宇垣家所有の別荘ですごそうと信代が提案してくれたのは、巴を元気づけるためだろう。

父と母は、巴を送ってきた葛目に凡《およ》その事の顚末《てんまつ》を聞いたようだ。翌日、長尾社長から詫びの手紙も届いた。

母は特に何も言わなかったものの、巴の好物のハンペンを買ってきて夕餉《ゆうげ》に出してくれた。ハナもざっくりと話を聞いているらしく、同じく巴の好物の切荒布《きりあらめ》を具にした握り飯を作ってくれた。

かつにもらったビスケットは、父と母とハナと分け合って食べた。三人とも日本にはない珍しい味に驚き、しかもかつの手作りと聞いて大いに感心していた。

全部、めちゃめちゃ美味しかったし、嬉しかった。

しかしふとした瞬間に、すこい！　と叫んだトミの声が耳に甦る。トミがあの後どうなったか、巴は知らない。どうやら女中を辞めることになったらしいが、その先のことはわからなかった。

——俺がきちんと長尾さんに確かめて、君に伝える。それまで待っていろ。

去り際、葛目はそう言ってくれた。

揺るぎのない眼差しを向けられ、巴はこくりと頷いた。

「お待ち遠《どお》さんでした！」

最中《もなか》の小さな器に、山盛りの薄黄色のアイスクリンが載っているそれを、おおきにと巴は受け取った。勘定を済ませた父も同じ物を受け取る。

「お、あそこの軒先に日陰があるな。あそこで食べよか」

明るい声で言った父に、巴ははいと頷いた。父はといえば、この通り、どうにか巴を元気づけようとしてくれている。

ありがたいし嬉しい。同時に、心配をかけて申し訳ないとも思う。

日陰に入った巴と父は、並んでアイスクリンに齧りついた。

舌の上に載せた冷たいそれは、たちまち溶ける。卵の風味が利いていて、甘くて美味しい。汗ばんでいた背中がスッと涼しくなった。

「おお、つめたっ。生き返るなあ」

「美味しいですね」

我知らず頬を緩めて答えると、父はほっとしたように微笑んだ。

二人そろってしばらく無言でアイスクリンを味わった末に、ふと父が口を開く。

「わしが浪花隊にいたことは、もう知ってるやろ」

はい、と巴は応じた。うん、と父も頷く。

「浪花隊は今の警察の元になった組織や。けど実態は小銃やら大砲やらを備えた、ひとつの独立した軍隊やった。そやからこそ新政府に、たった二年で解散させられたんや。そういうわけでわしは今、警察官やけど、軍のこともちぃとはわかる」

父が昔語りをするのは初めてだ。幾分か硬い口調も初めて聞く。

巴は背筋を伸ばし、神妙に耳を傾けた。

「最前線で戦うだけが軍人やない。作戦を立てる人、作戦の下準備をする人がおる。作戦成功のために必要な情報を集める人、不穏な動きがないか、軍の外だけやのうて内にも目を配る人もおる。ある意味、最前線で戦うより過酷な仕事や。――葛目中尉は恐らく、その過酷な任務についてる」

葛目が普通の将校ではないと薄々わかっていた。が、元浪花隊士として話しているらしい父に指摘されたことで、改めて実感が湧いてくる。

「恐ろしいか？」

静かに問われて、巴は己の胸の内を覗いてみた。

キリリと冷たい湖面がそこにあった。しかし豊かに湛《たた》えられた水はどこまでも澄んでおり、なおかつ凪《な》いでいる。——葛目への信頼と想《おも》いは、微塵も揺らいでいない。

「いいえ、父上。恐ろしいとは思いまへん」

まっすぐ見上げて言うと、父は目を見開いた。が、すぐにへにょりと眉尻を下げる。

「そうか……。恐ろしいないか……」

はい、と頷いたそのとき、巴ちゃん、と声をかけられた。

アイスクリンの行列に並ぼうとしていた綾之助が、こちらに気付いて歩み寄ってくる。団扇《うちわ》片手に涼しげな麻の着物を身につけた綾之助は、辺りの女性の視線を集めているが、一向に気にする様子はない。

「あ、今日は為岡はんもご一緒でしたか。こんにちは」

「おまえ、わしをおまけみたいに……」

じと、と父ににらまれたものの、綾之助は明るく笑った。

「すんまへん。美《うつ》やかで愛らしい花が真っ先に目ぇに飛び込んでくるんは、人の性《さが》ですよって。巴ちゃん、いろいろ大変やったなあ」

声をひそめた綾之助に、首を傾げる。

「幽霊騒動の顛末、聞かはりましたか」

「だいたいのことは師匠に聞いた。お茶屋で長尾さんと話す機会があったらしい」

「その節は、綾之助さんにも甚兵衛先生にも、お世話になりました。おおきにありがとうござりました」

ペコリと頭を下げると、いやいや、と綾之助は手を横に振った。

「そんなん巴ちゃんが気にすることやあらへん。わしら講談師も騒動に加担したようなもんや。迷惑かけてすんまへんでした」

「いえ、綾之助さんのせいやありまへんよって。あの、甚千さんはどないならはりましたか」

聞きたかったことを尋ねると、綾之助は苦虫を嚙み潰したような顔をした。

「破門になった。この先、大阪では二度と講談はでけん。早い話が追放や。京都やら神戸にも噂は届くやろうから、上方で読むんは無理やろな」

「そしたら東京に？」

「東京は大阪よりずっと講談が盛んや。講談師の数も多い。なんぼ兄さんが上手い講談師でも、上方とはお客さんの気質もだいぶ違うし、東京でやってくんは難しい思う」

「さいですか……」

甚千は恐らく、講談師を廃業せざるをえない。制裁が下ったのだ。

父は黙ってやりとりを見守っている。

巴も無言でアイスクリンの最中の部分を食べていると、綾之助が太い眉を寄せて覗き込んできた。ぱたぱたと団扇で顔を煽《あお》がれる。涼しくて気持ちがいい。

「巴ちゃん、元気あれへんな」

「いえ、元気ですよ。暑いさかい、ちょっとぐったりしてるだけで」

「幽霊のふりした女中の子ぉのこと、気にしてるんか？」

気遣う口調に、巴は一瞬言葉につまった。

沈黙を肯定ととったらしい綾之助は、うーんとうなる。

「わしは、その女子《おなご》には同情でけんわ」

「けど、トミさんのおうちのお店《たな》が潰れたんは、トミさんのせいやないんです。トミさんにはどないもでけんことで、辛い境遇にならはった」

「うん、それは承知の上や。けど、その子と似た境遇の子ぉが皆、同じような振る舞いをするかっちゅうたら、せんやろ。まっとうに、歯ぁ食いしばって懸命に生きてる者《もん》の方がずっと多い。手前勝手な振る舞いをする輩のせいで、そういうまっとうな人まで変な目で見られるかもしらん。そやから同情はでけん」

初めて聞く冷たい物言いに、巴は目を丸くした。

綾之助さん、こないな感じでしゃべらはることあるんや。

綾之助は巳に向かって小さく微笑んだ。

「わしが生まれた家も、江戸の頃はそれなりの商家やった。けど、今から十年くらい前、わしが十になったばっかりの頃に父親が突然死んでしもてな。それからあれよあれよという間にお店《たな》は潰れて、一家離散や。わしは叔母の家に引き取られたけど、そこの暮らし向きも楽やなかったさかい、上等小学校に入ることはでけんかった。上の学校へ行けんのやったら、一人で生きていける生業がほしい思て、十二の年に叔母さんの家を出て甚兵衛師匠に弟子入りしたんや」

やはり初めて聞く綾之助の生い立ちに、巳は息を呑んだ。

父親の死も、店が潰れたのも、親兄弟と離れ離れになったのも、綾之助のせいではない。悔しかっただろう、辛かっただろう。なんでわしがこんな目に、と幾度も歯嚙みしたのではないか。

それでも腐らず、厳しい修業を経て、一人前の講談師として生きている。

綾之助は淡々と続けた。

「どないな伝手があったんか知らんけど、家は没落しても、その子は大きなお屋敷の女中になれた。奉公に出る女子《おなご》にとったら、憧れの仕事や。おまけに主人ご夫婦も一緒に働く使用人もええ人やなんて、相当運がええ。それやのに主家が困らされてる幽霊の噂を利用して、巳ちゃんに嫌がらせしたわけやろ。しかも最後まで一言の詫びもなかったそうやないか。きついこと言うようやけど、そういう子ぉは裕福なままやったとしても、結局は誰かを羨んで同じようなことする思うわ。人間、性根はそう簡単に変わらへんよって、かわいそうやからて手心を加えたら、きっと調子に乗る。私は気の毒な身の上やさかい何をしても許されるて、弱さや不運を己が楽する道具にしよるかもしらん。そやから、罪は罪としてちゃんと贖《あがな》わんとな」

そないなことありまへん、トミさんかて幽霊の真似をやりとうてやったわけやない。そう言いかけた言葉を、巴は呑み込んだ。

綾之助は恐らく、巴には想像もできないような目に遭い、様々な人の表と裏を見てきている。そんな綾之助が言うのだ。全ての人には当てはまらないかもしれないが、真実に近いのだろう。

――私はほんまに何も知らんな……。

綾之助は気を取り直したように、人好きのする笑みを浮かべた。

「そういうわけやさかい、巴ちゃんは何も気にせんでええんやで。後はその子が己のやったことを省みて、これからどないして生きてくか、自分で考えて答えを出すしかない。だいたい、巴ちゃんは何も悪うないやろ。それやのに脅してきた子を気にかけるて優しすぎる。その優しさ、どうせやったらわしに向けてほしいわ」

情けない声を出した綾之助に、巴は笑った。もうすっかりいつもの綾之助だ。

「おおきに、綾之助さん」

「うん？　何がや」

「励ましてくれはって」

まっすぐ見上げると、綾之助はさも嬉しそうに、ただでさえ下がり気味の目尻を更に下げた。

「わし、ええ男やろ」

「はい、ええ男子《おのこ》です」

「巴ちゃんもええ女子《おなご》やで」

「はあ、おおきにありがとうございます」

いつもの世辞だとわかっていたが、綾之助が励まそうとしてくれているのは間違いない。素直に礼を言うと、うおっほん！　と父が咳払いをした。

「そないなええ男には、わしがアイスクリンを奢ってやろう」

「え、ほんまですか。けど為岡はん、巴ちゃんとアイスクリン食べてはりましたやろ。お財布厳しいんと違いまっか？」

「まあ、今日は講釈は聞けへんな……。甚兵衛先生にご挨拶だけさしてもらうわ」

しおしおと答えた父に、綾之助は明るく笑う。

巴もまた笑ったけれど、なんだか無性に切なかった。

翌日の日曜もカラリと晴れた。どうやら梅雨が明けたらしい。

午前中は薙刀の道場へ稽古に行った。乾物屋の小僧が幽霊らしき物を見たと話してくれた元上級生も来ていた。小僧に兎の話をしたら元気になり、怖がらずに長尾邸へ行くようになったと聞いてほっとした。

——私もええ加減、しゃんとせんとあかん。

帰宅した巴は、ハナが用意してくれた昼餉《ひるげ》を食べた後、英語を学習することにした。落第点ではなかったものの、本当にぎりぎりの成績だったのだ。九月からは二年生である。進級後に落第点をとるわけにはいかない。

そうはいっても、英語が苦手であることに変わりはない。風鈴がチリリと鳴る音が涼やかで心地《ここち》好く、幾度も睡魔に負けそうになりながら教本を読んでいると、巴、と呼ぶ兄の声が聞こえてきた。一瞬で目が覚める。

兄上、帰ってきはったんや。

嬉しくて立ち上がると、ちょうど兄が襖の向こうから顔を覗かせた。葛目と同じ白い軍服を身に着けている。

「兄上、おかえりやす」

「ただいま。お、珍しい。英語の学習か？」

「珍しいは余計です。まあ実際、珍しいですけど」

何度も舟を漕いでしまったことを思い出して頬を掻くと、兄は笑った。

「今から着替えてもらうよって、ちょっと来い」

「着替え？　どっか出かけるんですか？」

「まあな。ほら、来い」

悪戯小僧のような顔で手招きする兄に、巴は素直に従った。

奥の部屋で待ち構えていたのは母だ。その手元には、見慣れない紺色の袴があった。

「母上、これは？」

「私が若い頃によう穿《は》いてた袴や。旦那様のを、私が穿けるように仕立て直したんえ。無頼の輩がうろついてるのに着流しでいるわけにはいかんかったよって、これ穿いて、義父上《ちちうえ》にお借りした脇差持って、背中に敬一郎を括りつけて出かけたもんです。あの子、今でこそあないな大男に育ったけど、小ちゃい頃はこまい方やったさかい背負うのも苦ぅやあれへんかった」

袴を穿いた若い母が、幼い兄をおぶって脇差を構えるところを思い浮かべる。

想像だけなのに、鬼気迫るものを感じた。

米問屋の人たちが、いまだに母に感謝している理由がわかった気がする。

「やっぱり、母上は凄いですね……」

「何も凄いことあらへん。自分がやれることをやっただけや。それに当時は、皆が明日をも知れん身ぃやったさかい、世間も女子《おなご》がどないな格好しても何も言わへんかった。まあ、女子《おなご》がどうこうやのうて、脇差やら薙刀やらを振りまわす私に恐れをなして、誰も何も言えんかっただけかもしれへんけど」

母は淡々と説明しながら、手際よく袴を着つけてくれた。

丈は足首より少し上で、ぴったりだ。帯を巻かなくていいため、体が軽い。

巴は思わず部屋を歩きまわった。

おお、凄い！　動きやすい！

これならきっと思い切り走れる。

今すぐ表に飛び出したい衝動に駆られた巴は、ハッと我に返った。

「あ、けど、出かけるんやったら袴を穿いたらあきませんよね」

巴の動きを見守っていた母は、ふっと不敵に笑った。

「袴が禁止されてるんは、女学校へ通学するときの話やろ。これからあんたが行くとこは学校やない。それに、この辺りの人は皆、あんたが小ちゃい頃からおはねやて知ってはる。袴のひとつや二つ、今更びっくりしはらへん」

確かに母の言う通りだ。

はあ、と応じつつも巴は首を傾げた。

「私、これからどこへ行ったらえんでしょうか」

「それは、これから来はる人に尋ねなはれ」

はあ……？　と再び首を傾げたそのとき、ごめんください、と玄関の方で低く響く声がした。

——あ、葛目さんや。

たちまち胸が熱くなる。

「ほれ、行きなはれ」

母に柔らかく背中を叩かれ、巴は急いで玄関に向かった。

玄関先に立っていたのは、スラリとした長身を洋装に包んだ葛目だった。

一週間会わなかっただけなのに、胸がいっぱいになる。

「おいでやす。先週は、ありがとうござりました」

膝をついて礼を言うと、葛目はわずかに眉を動かした。

「用意がいいな」

「用意て？」

「袴だ」

「ああ、今し方穿いたとこで」

そうか、と応じた葛目は、洋袴の尻の部分についた物入れから草鞋《わらじ》を取り出した。

「これを履け」

「あ、はい。おおきにありがとうございます」

腰を下ろし、葛目が持ってきてくれた草鞋を履く。

母が言っていた、これから来はる人、というのは葛目だったようだ。

草鞋を履き終えて立ち上がると、葛目は頷いた。

「行くぞ」

「どこへですか？」

「少し先に野原があるだろう。そこへ行く」

「野原て」

何しに？　と尋ねようとした巴は、玄関を出たところで足を止めた。

門の手前に自転車が置かれている。

おお……！　と思わず声が出た。葛目を追い越して、一目散に自転車に駆け寄る。

「自転車、自転車ですね！　葛目さんのですか？」

「いや。長尾さんに借りてきた。これから乗りこなす稽古をする」

「え、けど葛目さん、自転車に乗ったことあるて言うてはりましたよね。稽古する必要ないんと違いますか？」

肩越しに問うと、葛目はわずかに頬を緩めた。

「稽古するのは俺じゃない。君だ」

「私？」

「そうだ。君が自転車に乗るんだ」

「私が、自転車に乗る……」

すぐには理解できなくて、言われた言葉をくり返した巴は、次の瞬間、勢いよく葛目を振り返った。

葛目はやはりわずかだが、優しく微笑んでいる。

「わ、私が乗ってもええんですか？」

「ああ。長尾さんの許可は取ってある。智之も、巴御前になら乗ってもらってかまわないと言っていた」

「そうなんや、ありがとうございます！」

自転車の把手《とって》を撫でながら礼を言う。

ふいに葛目が会釈をしたので、巴は改めて玄関を振り返った。

そこには、母と兄とハナが立っていた。三人ともこちらを見守っている。

「少し、出かけてきます」

葛目の言葉に、母とハナは頭を下げた。兄は軽く頷く。

「妹を頼んだぞ、葛目中尉」

はい、と簡潔に、しかしよく通る声で返事をした葛目は自転車の把手を握った。

「行くぞ」

「はい。いってきます！」

三人に告げてから、葛目と共に玄関を出た。

自転車に乗れる。袴を穿いている。そして何より、葛目が傍にいてくれる。

足取りはこれ以上ないほど軽い。

町の外れに向かっていると、近くに住む元士族の老翁が歩いてきた。六十をいくつかすぎているだろうご隠居は、こんにちはと挨拶をした巴の出で立《た》ち《い》と自転車を見て目を丸くする。

「はあ、誰や思たら為岡はんとこの巴ちゃんかいな。お千代さんにそっくりやなあ。さすが親子や、よう似てきた」

咎めるどころか、どこか懐かしげな物言いに、巴は葛目と顔を見合わせた。

「これ、母が若い頃に穿いてた袴なんです」

「そうなのか。よく似合っている」

つらっと言われて、巴は赤面した。

葛目さんの、突然褒めてきはるん、嬉しいけどびっくりする……。

うううとうなっていると、葛目がまた口を開いた。

「あの女中、神戸へ行くそうだ」

「女中て、トミさんのことですよね」

「ああ。かつさんの実家の知り合いの家で働くらしい。放り出してしまうこともできたのに、別の働き口を見つけてやるなんて、長尾社長もかつさんも人が好《い》い。その優しさが、あの女中にとって仇《あだ》にならなければいいが」

淡々とした口調に、綾之助の言葉が思い出された。――私は気の毒な身の上やさかい何をしても許されるて、弱さや不運を己が楽する道具にしよるかもしらん。

世の中には、そういう人もいるのだ。

しかし、トミはそうではないと信じたい。

トミの将来のためだけに、そう願うのではない。トミに新たな居場所を見つけてやったかつや長尾社長に、悲しい思いをしてほしくない。

その後、何人かと行き合ったが、驚く人はいても非難する人はいなかった。平然と自転車を引く葛目が一緒だったので、何か事情があって袴を穿いていると思ったのかもしれない。むしろ自転車そのものに興味津々の人が多かった。

たどり着いた緑一色の広い野原には、少年が数人、たむろして遊んでいた。こちらに気付いた彼らは、やはり自転車に釘付けになる。他所へ行くこともせず、かといって近寄ってくることもせず、巴と葛目を遠巻きに見つめた。

「人が乗っているところを見たことがあるのなら、だいたいの乗り方はわかるな？　俺が後ろを支えているから漕いでみろ」

はい！　と返事をした巴は、自転車に跨った。

なるほどこれは、袴を穿いていないと乗り難い。

繁華街で見かけた貸自転車に乗っている男や、長尾邸の庭で見たかつての息子、智之の姿を思い浮かべる。中央の小さな椅子に腰を下ろし、足を交互に動かすのだ。

椅子に腰を下ろした巴は、ゆっくりと踏み込んだ。

おお、思てたより力がいる……！

しかも把手がふらふらと揺れる。見ている分には簡単そうだったが、実際に乗ってみると操作が難しい。ただでさえまっすぐ進まないのに、雑草や小石に前の輪が引っかかり、何度も倒れそうになる。

それでも転ばないのは、葛目が後ろを支えてくれているからだ。

「肩に力を入れすぎだ、力を入れるのは腹だ、そう、右、左、右、左、思い切り踏め、休むな、右、左、そうだ、いいぞ、その調子！」

葛目の助言の通りに腹に力を入れて踏み込むと、次第に速度が上がってきた。力がそれほどいらなくなる。顔に風が当たった。

凄い、気持ちいい。

ふと気が付くと、視界の端に葛目の姿が見えた。端整な面立ちは緩やかに笑んでいる。

いつのまにか葛目の補助なしで自力のみで乗っていたらしい。凄い！ 速いぞ！ と少年たちが驚嘆の声をあげながら手を打ち鳴らす音が聞こえる。

——私、自転車に乗ってる！

全身で風を受けた巴は、自ずと笑顔になった。

漕げば漕ぐほど、ぐんぐん進む。進めば進むほど、胸に支《つか》えていたものが霧散していく。

世の中の不条理は、私が思い悩んだところで変わらへん。

私は、私にやれることをやろう。

ああ、それにしても、自転車がこないに愉快な乗り物やったとは！

更に足を踏み込んだそのとき、前の輪が何かに引っかかった。

まずい、と思った瞬間、自転車が大きく跳ねる。そのはずみで巴は野原に放り出された。咄嗟に受け身をとり、地面に転がる。

「巴！」

葛目が呼ぶ声が聞こえた。

葛目さんに名前呼ばれたん、初めてや。

おおお……！　と声を漏らした巴は、野原に転がったまま手足をじたばたと動かした。胸の奥がむず痒《がゆ》くてたまらない。

「おい、大丈夫か？」

駆け寄ってきた葛目が、傍らに膝をついた。

肩を抱き起こそうとしてくれた葛目を制し、むくりと自らの力で起き上がる。みっしりと生えていた背の低い雑草が、体を受け止めてくれたことが幸いしたようだ。打ち身もすり傷もない。少し離れた場所に倒れている自転車も無事のようで安堵する。

「平気です。大事ありまへん」

「本当か？　怪我は？　痛いところはないか」

「怪我はしてまへん。痛いとこもないです」

真剣な面持ちで覗き込んできた葛目に、しっかりと頷いてみせる。

すると、葛目はほっとしたように息を吐いた。

凜々しく整った横顔を見上げる。

私は、私にやれることをやる。

そのとき、この人が傍にいてくれたら嬉しい。

「葛目さん」

「なんだ」

「もういっぺん乗ってもええですか？」

まっすぐ見つめて言うと、葛目は目を丸くした。が、すぐに破顔する。

葛目がはっきりと笑うのを見るのは初めてで、今度は巴が目を丸くした。

凄い、何やろう、なんか、めっちゃ嬉しい。

葛目は笑顔のまま頷いた。

「ああ、いいぞ。もう一度乗ってみろ。ただし、今度は速さを出しすぎるな」

はい！　と力強く返事をして、早速立ち上がる。

葛目に見守られているのを感じながら、巴は颯爽《さっそう》と自転車に跨った。


長椅子に腰かけた巴は、斜め前から突き刺さってくる強烈な視線を感じた。

隣に腰かけている母と、母の向こう側に腰かけている父も、その視線に気付いているらしい。母は珍しく硬くなっているようだ。父に至っては、ようやく暑さが和らいだというのにたっぷり脂汗をかいている。

十月のはじめ。長尾邸の豪奢な応接室にそろったのは巴と父と母、そして向かい側には葛目とその父母である。

先ほどから穴が空くほど巴を見つめているのは、がっしりとした立派な体軀を軍服に包んだ、陸軍少将である葛目の父だ。

「あなた、そんなに見ると巴さんを怖がらせてしまいます」

上品な着物を身につけた葛目の母が、そっと夫の袖を引く。それでもまだ見続けるので、今度は息子——葛目を振り向いた。止めてちょうだい、と言いたげな母に、大丈夫ですよ、という風に葛目は頷く。

巴はそろりと視線を動かし、立派な口髭《くちひげ》を蓄えた葛目の父を見返した。

葛目にはあまり似ていない、ぎょろりとした目がこちらを射る。

さすが少将、面構えからして違う。顔面だけで一個連隊を壊滅できそうだ。

怖くはないが、緊張する。

職務の関係で東京から大阪の第四師団へやって来た葛目の父に、葛目の母も付き従ってきたのは、今日のこの集まりが内々とはいえ葛目と巴の婚約の場だからだ。巴が露芝《つゆしば》の地紋に蝶《ちょう》が描かれた中振袖という、少し改まった着物を身に着けているのも、葛目家に対する礼儀である。

巴が長尾家にピアノを習いに行くことになった背景には、父が関わっていた。

葛目家の子息は、男ばかりの五人兄弟だという。真ん中の三男である葛目——三郎が相当な変わり者であることに、父と母は早くから気付いていた。他の兄弟と変わりなく育てたのに、物の見方が違う。考え方が違う。ただ不器用であるとか無愛想であるのなら理解の範疇《はんちゅう》だが、何をどうやったらそういう考えになるのか、と驚くこともしばしばだった。大尉になるまでに結婚相手を見つけねばと思っていたものの、葛目家の周りにいる、いわゆる「良家の子女」とは添えそうにない。

そこで少将は、変わり者の女子《おなご》を知らんか、と碁敵の商人に相談を持ちかけた。その人が偶然、元浪花隊の隊員だったことから父に話がまわってきたという。

兄が陸軍将校であることも好都合だったようだ。軍人が結婚するときは「陸軍武官結婚条例《じょうれい》」に従わねばならず、妻となる人は一定の条件を満たさなくてはいけない。軍人の血縁で身元がはっきりしていると、手続きが容易になる。

為岡はん、あんたとこの娘はん、生半尺《なまはんじゃく》な侍より侍みたいな女子《おなご》やて聞いたで。変わり者っちゅうことでよろしいか？　よろしいな？　浪花隊解散後に何を思ったか東京へ居を移し、みるみるうちに大商人になり上がった戦友ににじり寄られ、父は大いに困った。

父は最初、娘に見合いはまだ早いと断ったらしい。しかし母が、とにかく会うだけ会わせてみたらどないですか、と言ったそうだ。為岡家より明らかに家格が上である葛目家が、巴本人が三郎と合わないと思ったら断ってくれてかまわない、決して無理強いはしないと言っていると知り、逆に巴には合うのではないかと考えたという。

双方の親の合意の下、葛目家の遠縁にあたる長尾家が、出会いの場として用意された。つまるところ、ピアノの稽古は名目で、親抜きのお見合いだったのだ。

とはいえ葛目は、最初からお見合いだと知っていたらしい。ただ、結婚はまだ早い、むしろ面倒だと思っていたため、相手がどんな人でも断るつもりでいたそうだ。

――君、初めて会ったとき、大きな饅頭を二つ食べただろう。頑なにいらないと固辞するのではなく、俺が話した理を聞いて、納得して食べた。君が実に旨そうに、嬉しそうに饅頭にかぶりついてるのを見て、なんだか愉快な気分になってな。それ以降も会うことにしたんだ。

後になって、そんな風に言われた。

上等な美味しい饅頭を二つも食べられて、しかも二つ食べたことで葛目が愉快になってくれて、何度も会うことになったらしい。

――私の食い意地に感謝や。

「巴さん」

少将がふいに呼んだ。

低く太い声に、巴ではなく父が動揺して肩を揺らす。

はい、と落ち着いて応じると、少将は微かに目許を緩めた。

「祝言にはまだ間があるが、三郎をよろしく頼む」

「え、あ、承知しました。こちらこそ、よろしいお頼申します」

思いもかけない言葉に驚きつつ頭を下げると、少将は妻越しに息子を見た。

「三郎、おまえも頭を下げろ」

「はい。よろしく頼む」

少しも躊躇《ためら》わずに頭を下げた葛目に、葛目の母は驚いたように瞬きをした。あらまあ、と小さくつぶやいて巴に視線を移し、柔らかく微笑む。

「私からも、よろしく頼みます」

巴は改めて、よろしくお願いいたします、と葛目とその母に頭を下げた。

葛目家の三人に頭を下げられて慌てたのが父だ。

「いやいやいやいや！　そんな、とんでもない！　どうぞ頭をお上げください！　いやもう、ほんまにどうもすんまへん、不調法な娘ですか、よろしいお頼申します」

しどろもどろで何度も頭を下げる父の隣で、母はどうぞお頼申しますと静かに頭を下げた。

それから葛目の母が、久しぶりに訪れた大阪の印象を語り出し、どうにかこうにか親同士の会話が始まる。

葛目が目配せをして立ち上がったので、巴も席を立った。

二人で少し離れた窓辺に寄る。

「父がよれよれですんまへん」

「いや。こっちこそ父が唐突ですまん」

今日の葛目は紺色の軍服を纏っている。窓から差し込む秋の柔らかな日差しに包まれた立ち姿は、凛々しくて美しい。

ほんまにこの人と婚約したんやなあ、となんだか不思議に思う反面、嬉しさがじわじわと胸に広がる。

幽霊騒動の後も、葛目とは時折顔を合わせていた。長尾邸で会うこともあったし、一緒に芝居小屋や講釈場、うどん屋へ行くこともあった。葛目は相変わらずそれほど口数が多くなかったものの、見た物、聞いた物、食べた物について話すのがおもしろかった。たまに巴が女学校での出来事や、世の中の疑問を口にすると、葛目は真面目に聞いてくれた。そして率直な意見を言ってくれた。

葛目はやはり、巴のことだけでなく自身についても、何かを決めつけたことは一度もなかった。巴という人間を認めてくれた。それも無理にではなく、ごく自然に。

やっぱり、葛目さんと一緒にいたい。

葛目の職務が厳しいものであることを承知の上で、会う度にそう思っていたので、許嫁になると聞いたときは本当に嬉しかった。

ふいに軽やかに扉が叩かれる。顔を覗かせたのはかつと長尾社長だ。双方の親が和やかに話しているのを見て安堵したらしく、二人も話の輪に加わる。

「三郎君、巴さん、ピアノの部屋にお茶とワッフルを用意しておいたさかい、お二人でどうぞ」

かつに朗らかに声をかけられ、巴は葛目と顔を見合わせた。

ついにわっふるが……！

落ち着け。目が怖い。

視線でそんなやりとりをした後、かつにありがとうございます、いただきますと頭を下げる。かつはニコニコと嬉しそうに笑っている。

幽霊の噂は、甚千が大阪から姿を消して一週間ほどで嘘のように絶えた。鉱山も妥当な値段で売れたようだ。

長尾社長が何かしたのかもしれないし、あるいは美根川甚兵衛が手を打ったのかもしれない。いずれにしても、かつをはじめとする長尾家の人たちが安んじて暮らせるようになり、ほっとした。

ちなみに葛目が探っていた政治家が誰だったのか、巴は知らない。幽霊の噂の元として、表立って名前が出ることはなかった。しかし恐らく陸軍と何らかの取り引きをするとき、不利な立場になるのだろう。不利どころか、追い落とされることもありうる。そう、制裁が下るのだ。

巴は葛目と共に応接室を出た。長い廊下を並んで歩く。

「わっふるて、どないなお菓子なんでしょう」

「もうすぐわかる。どんな菓子だとしても、俺の分を半分、君にやろう」

「え、よろしいんですか？」

「前にそう言っていただろう」

当たり前のように言われて、ああ、と巴は頷いた。

そういえば、前にそんな話をした。覚えていてくれたのだ。嬉しい。

知らず知らず歩調が速くなる。

「急がなくてもわっふるは逃げないぞ」

「はい、わかってます。わかってますけど、どうにも止められん」

せかせかと歩きながら言うと、葛目はあきれたように、しかし楽しげに微笑んだ。

「止められないのなら仕方がないな。俺も急ごう」

【参考文献】

熊田司・伊藤純／編『森琴石と歩く大阪　明治の市内名所案内』東方出版
本渡章『続　大阪古地図むかし案内　明治～昭和初期編』創元社
牧村史陽／編『大阪ことば事典』講談社学術文庫
八木孝昌『近代日本の道筋を開いた富国の使徒　新・五代友厚伝』PHP研究所
前田啓一『軍人たちの大阪城　大阪城は帝国陸軍の根城だった』ブックウェイ
藤田昌雄『日本陸軍の基礎知識　明治の兵器編』潮書房光人新社
石光真清／著・石光真人／編『城下の人　新編・石光真清の手記（一）西南戦争・日清戦争』中公文庫
神辺靖光『女学校の誕生　女子教育史散策　明治前期編』梓出版社
全日本なぎなた連盟／編『新　なぎなた教室』大修館書店
目時美穂『たたかう講談師　二代目松林伯円の幕末・明治』文学通信
神田松之丞『講談入門』河出書房新社
四代目 旭堂南稜・堤邦彦／編『よみがえる講談の世界　番町皿屋敷』国書刊行会
礫川全次『アウトローの近代史　博徒・ヤクザ・暴力団』平凡社新書
佐賀純一『浅草博徒一代　アウトローが見た日本の闇』新潮文庫
中西立太『改訂版　日本の軍装　幕末から日露戦争』大日本絵画
難波知子『近代日本学校制服図録』創元社
下川耿史／編『明治・大正家庭史年表1868－1925』河出書房新社
ユニプラン編集部／編『明治150年その歩みを知る、つなぐ（中編）薩摩藩年表帖（下巻）政治、施政、条約改正交渉、政変、帝国憲法制定、国際紛争、事件、戦争などが時系列でわかる!』ユニプラン
『櫟原家文書　大阪の大店の日記』関西学院大学図書館ホームページ

本書のプロフィール
本書は書き下ろしです。

小学館文庫

陸軍将校《りくぐんしょうこう》の許嫁《いいなずけ》
～お見《み》合《あ》いは幽霊退治《ゆうれいたいじ》の後《あと》で～

著者　久我有加《くがありか》

二〇二三年七月十一日　初版第一刷発行

発行人　石川和男
発行所　株式会社　小学館
〒一〇一-八〇〇一
東京都千代田区一ツ橋二-三-一
電話　編集〇三-三二三〇-五六一六
販売〇三-五二八一-三五五五
印刷所――中央精版印刷株式会社

この文庫の詳しい内容はインターネットで24時間ご覧になれます。
小学館公式ホームページ　https://www.shogakukan.co.jp

ISBN978-4-09-407277-8